書下ろし

闇奉行 燻り出し仇討ち

喜安幸夫

祥伝社文庫

目次

「闇奉行 燻り出し仇討ち」の舞台
浅草寺
旗本・土谷家の屋敷
蔵前
本所
不忍池
湯島天神
神田明神
神田川
小石川御門
牛込御門
四ッ谷御門
江戸城
評定所
呉服橋
日本橋
両国広小路
竪川
両国橋
大川（隅田川）
小名木川
八丁堀
京橋
北町奉行所
永代橋
深川
鉄砲洲
愛宕権現
神明町
増上寺
飯倉神明宮
浜松町
品川 荷運び屋「小鹿屋」
北
西
東
南

飯倉神明宮
増上寺
小料理屋「浜久」
古川
赤羽橋
中門前三丁目弥之市一家
金杉橋
金杉町
元札ノ辻人宿「相州屋」
田町
三田寺町
幽霊坂
魚籃坂
泉岳寺
高輪大木戸

地図作成／三潮社

一　鮮やかな処理

一

お沙世の気分がすぐれない。

理由はわかっているが、他人に言えるようなことではない。

相州屋に長逗留する者が三人も増え、老いても女同士か、おクマ婆さんとおトラ婆さんは、

「――そりゃあ、お沙世ちゃんにしてみればねえ」

「――まあ、そのうちいなくなるお人らだから」

などとわかったようなことを言っているが、ひょっとしたらそうかもしれない。だが、周囲の三人に寄せる期待は、小さくない。

東海道が走る江戸府内の町場、田町四丁目の札ノ辻に、人宿の相州屋は暖簾を張っている。

文政二年（一八一九）の冬、晴天はつづいても寒さのいっこうにやわらがない一日だった。

相州屋の寄子宿がある路地から、商売道具の木箱を背負った羅宇屋の仁左が、白い息を吐きながら朝の街道に出て来て、向かいの茶店のお沙世に、

「やあ、きょうも朝から精が出るねえ」

「ええ、仁左さんも」

白い息を吐き、声をかけたのへ、お沙世は仁左のほうを見るでもなく返し、

「お待たせ」

と、縁台に座ったばかりの馬子に茶を出し、

「朝からご苦労さんですねえ。品川のほうからおいでですか」

つとめて愛想よく声をかけた。

街道沿いで、しかも札ノ辻という場所柄、向かいの茶店には朝早くから荷運び人足などの客が多く、大きな風呂敷包みを背負った行商人などもよく縁台に座ってひと休みして行く。

路地から仁左のうしろにほとんどつながるように、蠟燭の流れ買いのおクマと付木売りのおトラが出て来た。

「あら、おクマさんとおトラさん。きょうはどちらまで」

と、愛想がいい。これが本来のお沙世であり、

「ああ。きょうは仁さんと逆方向で、高輪の大木戸のほうへ」

「こうして若いお沙世ちゃんに見送られると、あたしらまで元気が出るよう」

と、おクマとおトラは返し、羅宇竹のカシャカシャと鳴る音が遠ざかるのとは逆のほうへ歩を向けた。

「危ない！」

お沙世が叫んだ。

まだ朝のうちというのに、おクマとおトラの向かうほうから、急ぎの荷であろうかけたたましい車輪の音とともに走りこんで来た大八車が、茶店の縁台の前を土ぼこりを上げ走り去った。おクマとおトラは街道のすみを歩いていたから無事だったが、往来人たちは、

「おっとっと」

と、慌てて脇へ避けていた。

荷馬の手綱を持ったまま茶を飲んでいた馬子が、

「まったく乱暴な荷運びをするやつだ。あれで人でも轢（ひ）いた日にゃ、目も当てられねえぜ」

あきれたような口調で言った。荷馬が驚いて跳（は）ねなかったのは、馬子がお茶を飲みながらもしっかりと手綱を握っていたからだろう。

仁左も背後に車輪の音を聞き、近くの往来人とともに急いで脇へ寄り、土ぼこりを巻き上げて走り去った大八車に、

「近ごろ多いなあ、あんな物騒なやつらが」

「まったくですなあ」

言ったのへ、一緒に避けた風呂敷包みの行商人が応（こた）えた。

数日前にも日本橋（にほんばし）のほうから、人を撥（は）ねた大八車があり、人足も荷主も縄付きになったといううわさがながれて来たばかりである。

人を轢き殺したりすれば、軛（くびき）の中に入って大八車を牽（ひ）いていた者は死罪、うしろを押していた者は島流しというほど、往来での事故の罪は重いのだ。

「馬方（うまかた）さん、巻き添えにならないよう、気をつけてくださいねえ」

「ああ。朝から晩まで。気をつけっぱなしさ」

お沙世が言ったのへ、馬子は応えていた。どちらも真剣な表情だった。札ノ辻でもこうした光景は、珍しいものではなくなっている。

また一台、大八車が茶店の前を通った。こちらは穏やかな車輪の音で、土ぼこりも上げていなかった。

札ノ辻から街道を南へ進めば、高輪の大木戸を経て東海道最初の宿駅となる品川に至り、北へ進むと金杉橋を経て増上寺の前を通り、さらに進めば日本橋に至る。

街道は田町四丁目でふた股に分かれ、本街道が日本橋に通じれば、もう一本は増上寺の裏手を経て江戸城外濠の虎之御門や溜池へ向かう往還となっている。品川を経て江戸に入り、赤坂や四ツ谷方面へ向かう者は、この田町四丁目の札ノ辻で東海道を離れる。

かつて江戸開府のころ、ここに石垣が組まれ、江戸へ出入りする者の人改めをする大木戸と高札場が置かれていた。そのなごりで土地の者は元札ノ辻といっていたが、いまでは単に札ノ辻と呼んでいる。この土地の環境が、お沙世の茶店はもとより、人宿の看板を出すのに、府内の東海道では格好の地といえた。繁華な江戸の中心部に近く、しかも東海道を経て江戸に入る者のほとんどを、ここで拾えるからだ。

人宿とはみょうな名の商いだが、簡単にいえば人に奉公口を斡旋する稼業である。

単に斡旋するだけなら口入屋だが、住むところも寝るところもない者を、奉公先が見つかるまでしばらく住まわせる家宅を備えているのが人宿である。そこに暫時身を寄せる者を寄子といい、その長屋を寄子宿といった。

仁左もおクマ、おトラも、相州屋の寄子宿のある路地から出て来た。ということは、三人とも相州屋の寄子ということになる。

だが、並みの寄子ではない。おクマとおトラは相州屋が開業した十年も前からずっと寄子になりっぱなしで、仁左もそこをねぐらに、毎日羅宇屋の仕事に出ている。だから向かいの茶店のお沙世とは、おなじ町内の住人のように親しくなっている。

仁左が羅宇竹の音も軽やかに商いに出かけ、おクマとおトラがそれにつづき、向かいの茶店の看板娘であるお沙世に見送られる。毎日の光景である。そのあと相州屋のあるじ忠吾郎が玄関から出て来て、向かいの茶店の縁台に腰を据え、特別あつらえの鉄の長煙管で煙草をくゆらせはじめる。風貌が達磨に似ており、ゆったりと街道の往来人を見ながらいっぷくつけている姿は、札ノ辻の風物詩のようにもなっている。

暇をもてあまし、毎朝街道に出ているのではない。町内の者が縁台の前を通れば、

「旦那、毎日ご苦労さんで」

「ありがたいことです。はい」

と、声をかけ、忠吾郎も、

「みなさんも毎日、精が出ますなあ」

と返す。その姿からは、十年前まで小田原でやくざの一家を仕切り、親分と呼ばれていたなど想像もつかない。だが達磨を連想させる恰幅のよさと鋭い大きな眼光から、そう言われればなるほどとうなずけるものがある。

忠吾郎は朝と夕刻、いつも街道を行く者、とくに品川方面からふらふらとながれて来て、髷も崩れ着物もぼろ布のようにくたびれた喰いつめ者を見つけては声をかけ、当人が望めば、裏手の寄子宿に入れている。ときには垢と泥にまみれた若い女もいる。そうした者がなんの寄る辺もなく江戸に入り無宿者になったのでは、ろくな結果が待っていないだろう。

「――わしも若いころ家を飛び出し、無宿渡世の一時期があったでなあ。虚しいものじゃったわい、あはは」

と、他人から以前を訊かれると応えていた。

その忠吾郎が縁台に座ると、

「旦那さま、きょうもご苦労さまです」

と、お沙世がお茶と煙草盆を出す。お沙世も忠吾郎の朝夕の習慣が、商いよりも人助けであることを知っている。忠吾郎が縁台にいないときには、つとめて街道に視線をながし、気になる風体(ふうてい)の者が通りかかると、声を上げて向かいの相州屋に駈(か)けこんでいる。

そのお沙世が、ここのところ仁左だけでなく、忠吾郎にもよそよそしい。

忠吾郎がいつものように、

「やあ、お沙世ちゃん。きょうも世話になるぜ」

と、向かいの玄関から出て来て縁台に座ると、

「旦那さま。あの人たちの奉公先、まだ決まらないのですか。そりゃあ、町娘のように右から左へと行かないことはわかっていますけど」

「あはは。番頭の正之助(まさのすけ)があちこち当たり、わしも気をつけておるで」

忠吾郎は応えただけで、具体的なことは話さなかった。正之助は忠吾郎が信頼を寄せる通いの番頭だが、まだ話すような奉公先を見つけていないようだ。

〃あの人たち〃が事の成り行きで寄子宿に寝起きするようになってから、相州屋の雰囲気はこれまでになく華やいだものになった。だが、これまで相州屋の寄子になり巣立って行った面々とは、まったく毛色が異なる。

清々(すがすが)しかった朝の陽光が、寒いなかにも昼間のやわらいだ雰囲気に変わり、街道も

ほこりっぽくなったころ、

「さあて、そろそろ引き揚げるか」

目にとまった喰いつめ者がないまま、忠吾郎は手にしていた鉄の長煙管を帯に差し、腰を上げた。

奥からお沙世が盆を小脇に出て来て、

「旦那さま。きょうも収穫はありませんでしたねえ」

「あはは。街道での収穫など、ないに越したことはない」

「そりゃあそうですけど。あ、危ない」

「おっと」

すぐ目の前に走りこんで来た町駕籠(まちかご)を、忠吾郎は還暦の身に似合わず、さっと一歩下がってかわした。

客に急げと言われた町駕籠が、角を曲がったときなど人にぶつかり、大ケガをさせるなど、珍しいことではなくなっている。そのあとは駕籠屋にも客にも、奉行所のお白洲(しらす)に引き出され、厳しい仕置が待っている。なかには仕置を恐れ、仲に入る者がいて多額の治療費を払い、縄付きになるのを免(まぬか)れたといううわさも、札ノ辻にながれていた。

お沙世の茶店の縁台には、荷運び人足や駕籠舁き人足、それに行商人などがひと休みしたとき、そうしたうわさがよく飛び交うのだ。

忠吾郎が引き揚げ、陽が中天にかかるにはまだいくらか間のある時分だった。往還に出している縁台には駕籠舁き人足が二人、茶を飲みながらひと休みしていた。その一人が叫んだ。

「危ねえ！」

大八車のけたたましい音が聞こえ、つづいて、

「ぎぇっ」

男のうめき声に、

「キャーッ」

往来人か女の悲鳴が重なり、

「あらら、あの大八、逃げるうっ」

大きな声だった。

茶店の目の前である。ということは、相州屋の前でもある。店の中に入っていたお沙世は盆を小脇に飛び出した。

「あ、親方！　八造さん！」

お沙世は駈け寄った。路上に倒れているのは、お沙世もよく知っている、田町三丁目の畳屋の親方、八造ではないか。お沙世は抱き起こそうとしたが、八造は動かない。息はあるようだ。

「いったい、どうしたのです！　大八の音も聞こえていましたがっ」

「大八の轅を腰にぶつけられ、ふっ飛びやがった！」

お沙世の叫ぶような問いに、縁台の駕籠舁きの一人が言った。

「その大八はどこにっ」

「あいつら、そのまま逃げやがったぜ」

近くを歩いていた者から声が飛ぶ。

あて逃げである。罪は大きい。相手が死ねば死罪である。

お沙世は縁台の駕籠舁きに顔を向けた。

「し、知らねえ。知らねえ顔だった」

駕籠舁き二人は係り合いになるのを恐れたか、

「すまねえ、姐さん。お代はここに置いとくぜ」

茶代を縁台の上に投げ置くと駕籠を担ぎ、集まりはじめた野次馬たちをかき分け走り去った。無理もない。証人として奉行所のお白洲に出るようなことになればその日一日、仕事ができなくなる。日傭取の人足にとっては痛い。

騒ぎが聞こえたか、忠吾郎も出て来た。寄子宿のある路地からも若い女が二人、走り出て来た。お沙世が〝あの人たち〟と言っていたお仙とお絹だ。忠吾郎と目を合わせ、うなずきを交わすなり、それからの二人の動きは野次馬たちが舌を巻くほど迅速だった。

二

お仙は旗本家の出で、父は石丸仙右衛門といって勘定方三百石だった。十二年前のことである。勘定方組頭の黒永豪四郎に不正の濡れ衣を着せられ、切腹に追いこまれた。お仙が八歳のときである。石丸家はお取り潰しになり、お仙は親戚を転々とし、やがて父の切腹の真相を知り、黒永豪四郎への復讐を誓った。

黒永豪四郎は不正で得た財貨を要路への賄賂に使い、念願の普請奉行に就いていた。普請奉行は江戸城の修繕や府内の道普請や橋普請を担当し、町場との関わりも多く、さらなる蓄財が可能だった。町場で黒永豪四郎の悪事に気づき、探索の手を入れたのが、北町奉行所と相州屋忠吾郎だった。

探索には奉行所の隠密廻り同心、それに仁左と小猿の伊佐治が奔走し、おクマ婆さんとおトラ婆さんも役に立った。伊佐治はそのなかで命を落とした。伊佐治は忠吾郎の右腕であり、仁左の相方だった。

お城の目付も気づいて探索を進め、その過程でお仙の存在が明らかになった。やがて黒永豪四郎は数々の不正を暴かれ、お城の評定所の詮議で、切腹は免れないものとなった。しかし、切腹をされたのでは、お仙の敵討ちは叶わなくなる。

そこで忠吾郎が一計を案じ、切腹の沙汰が下りるまえに黒永屋敷に忍び込み、夜陰に乗じてお仙に見事本懐を遂げさせた。そこには黒永屋敷の腰元お絹の捨て身の合力があった。それらの過程でお絹は負傷し、しばらく相州屋の奥の部屋で養生する身となった。このとき看病にあたったのがお沙世である。

さらにお仙が本懐を遂げるとき、助太刀につき添ったのが忠吾郎と仁左であり、岡っ引の玄八であり、お沙世であった。

お仙はことし二十歳と若いが、苦節十二年を経て、その芯の強さは並みではない。お絹は三十路に近く、お沙世より五、六歳年上だった。

そうした経緯から、お沙世はお絹の傷が癒えてからも二人が相州屋に留まり、寄子宿の住人になったことを喜んだ。

だが、それが十日、二十日と過ぎ、ますます寄子宿が華やぎ、仁左も大喜びしているとあっては、お沙世には内心おもしろくない感情が芽生えて来ても不思議はない。それになぜか、町衆とばかり思っていた羅宇屋の仁左が、意外にも出自が武家のお仙と、武家奉公の長いお絹と気が合っていた。そこに生じる感情は、他人に言えるものではない。かわりに、けさ忠吾郎が縁台に腰を据えたとき、〝あの人たちの奉公先、まだ決まらないのですか〟などと言ってしまったのである。

おクマとおトラも、お沙世ほどではないにしろ、似たような思いを持っていた。喰い詰めて寄子宿に入った新参の寄子に、

「——お江戸で暮らすといっても、決して甘いもんじゃないよ」

と、江戸に暮らす心構えを諭し教えるのが、おクマとおトラの役目だった。忠吾郎もそれを期待しており、二人ともそれが楽しみでもあった。ところがお仙とお絹には、それを発揮するどころではない。しかも新たな寄子が入り、武家奉公をすることにでもなれば、心構えを伝授するのはお仙とお絹になるだろう。相州屋の寄子から、武家奉公に出た例は少なくないのだ。

とっさの場合においても、さすがにお仙とお絹は武家の出だった。野次馬のあいだを縫い、お仙が倒れている八造の手首を取り、

「まだ生きております。ほかにケガがないか早く診なければなりませぬ」

言うとお絹が素早く相州屋のおもて玄関の雨戸を一枚はがし、

「さあ、そこの人たち、合力を」

と、野次馬のなかから男数人を差配し、戸板に八造を乗せ、

「道を開けてください。さあ、早く」

と、お仙が先導し、路地裏の寄子宿に運んで寝かせた。八造はまだ意識朦朧としたままだった。

まるでお仙とお絹があらかじめ役割分担を決め、取りかかったような素早さだった。闊達なお沙世も、ただあれよあれよと見ている以外なかった。

忠吾郎に言われたか、番頭の正之助が路地の出入り口に立って野次馬はなかに入れず、医者を呼びに小僧を走らせていた。負傷したお絹を仁左たちが相州屋に担ぎ込んだときに呼んだ医者だった。

街道は平常に戻った。

〃あの大八、逃げるぅっ〃と叫んだ女が、相州屋の裏庭に面した居間に上がっている。女は畳屋の八造とおなじ田町三丁目の豆腐屋の女房だった。大八車が八造にぶつ

かる瞬間から逃げ去るまで、つぶさに見ている。

そのときのようすを訊くため、忠吾郎が呼んだのだ。忠吾郎にすれば、商舗（みせ）の玄関先での出来事である。

（捨て置けない）

お沙世にとってもおなじである。事故の瞬間、店の中に入っていたのを、しきりに悔しがった。

大八車は菰（こも）をかけており、なんの荷かはわからなかったが、人足は軛（くびき）の中とうしろから押していた二人だった。南から北へ、高輪の大木戸のほうから金杉橋の増上寺のほうへと走っていた。八造は、縁台に座っていた駕籠舁き人足が言ったように、うしろから〝大八の轅を腰にぶつけられ〟ふっ飛んで倒れ、大八車はそのまま走り去ったようだ。過失は明らかに大八車にある。八造の腰にそれを証拠づけるように、赤く大きな痣（あざ）ができていた。

仁左がいたなら即座に大八車を追いかけ、すぐに荷主と荷運び屋を突きとめていただろう。だからといって、お沙世を責められない。そのときお沙世はおもてに出て来るなり倒れている八造に駈け寄り、情況を駕籠舁きに訊くので精一杯だったのだ。

医者は、

「骨に異常があるかどうかは、きょう一日このまま安静にし、腰の痣の腫れ具合と痛み具合を診なければわからない。きょうは動かさず、あしたの朝、また診に来るから」

と、さっき帰ったばかりである。

畳屋からは急を聞いた女房が駆けつけ、きょうこのまま寄子宿に泊まって看病することになった。寄子宿は五軒長屋が二棟あり、空き部屋があったのはさいわいだった。

母屋の居間には、お仙とお絹も顔をそろえていた。医者を見送り、さきほど居間に来て、

「意識はもう正常に戻りました」

と、お仙が報告し、お絹が医者の言葉を伝えたところだった。豆腐屋の女房も一緒だった。

「許せません！　相州屋の旦那、なんとかなりませぬか。畳屋が腰を傷めたのでは仕事になりません！」

憤慨して言う。

忠吾郎は応えた。

「そのとおりだ。だからおかみさんにもここへ来てもらって、そのときのようすを訊いたのだ。あとはあの大八車がどこのものか、調べなくちゃならねえ」

すでにその気になっている。人宿や口入屋などとは、本来が世話焼きでないとできない稼業である。

お沙世はもとより、お仙とお絹もうなずいていた。

その世話焼きの言葉はつづいた。

「畳屋の八造さんのためだけじゃねえ。近ごろ乱暴な大八車や町駕籠が多すぎる。せめてこの近辺で起きた事故には、きっぱりとけじめをつけてもらわなくちゃならねえ」

さらに言う。

「さいわい仁左はきょう、大八車が走り去った方向へ出ておる。帰って来たら訊こう。ふざけた大八車を見かけなかったかとな。それであしたはちょいと岡っ引気分で、それの探索と洒落(しゃれ)こんでもらおうかい」

「忠吾郎どの」

と、不意にお絹が口を入れた。

「その儀なれば、すでにお仙さんが手を打っておいでです。さあ、お仙さん、ご説明を」

「はい。お絹さんに言われ、ケガ人を寄子宿に運びこんだすぐあと、宇平を走らせました」

「ほう、なんと気の利いたことを」

と、これには忠吾郎は驚きの声を上げ、お沙世も、

「あっ。わたし、気が動顚し、そこまで気がつかなかった」

と、お絹とお仙の連携にあらためて目を瞠るとともに、宇平をどこへ走らせたかをすぐに解した。

宇平はお仙が生まれるまえから、石丸家に仕えていた中間だった。お家断絶になり、八歳のお仙が親戚を転々としたときも、守り役として離れず、お仙が黒永豪四郎への復讐を誓い、元御庭番の屋敷に住みこみ、武術指南を受けていた時期もぴたりとつき添っていた。お仙が本懐を遂げ、暫時身の寄せどころとして相州屋の寄子宿に入ったときも、忠吾郎からひと部屋をもらい、いまなお仕えている老僕である。

戸板で寄子宿に運びこんだとき、八造の意識はまだ朦朧としており、このさきどうなるかわからなかった。お絹とお仙の脳裡を走ったのは、最悪の事態だった。そのときに備え、あて逃げをした大八車の身許を押さえておかねばならない。

「──お仙さん」

と、お絹から言われただけで、なにをすべきかお仙は覚った。いまからでは遅い。だが、相手は乱暴な走りをしていた大八車である。目立ったはずだ。手繰るように聞き込みを入れながら街道をたどれば、突きとめられよう。

お仙はそれを宇平に命じたのだった。

宇平はすぐにあとを追った。それこそ街道を手繰るように進んだ。

その宇平が帰って来たのは、畳屋の女房があらためて礼を述べに母屋に顔を出し、そのまま座りこんで忠吾郎たちの話に加わっていたときだった。

まだ午前である。居間に上げられた宇平は、いかにも実直な中間らしく、端座の姿勢をとった。といっても、いまも中間の紺看板に梵天帯を締めているわけではない。股引に袷の着物で厚手の半纏を着こんでいる。

語った。

「大八車は間違いなく街道を北へ進み、田町を過ぎて芝に入り、さらに金杉通りに入りました」

街道をまっすぐに進んでいる。

「金杉通りに入ってから東方向の海辺のほうへ進む枝道に入り、そこで消息は絶えました。念のため金杉橋の近辺にも聞き込みを入れました。乱暴な大八車は金杉橋を渡っておりません。ですから行き先は、金杉通りの海辺のほうと見て間違いないと思います」

「えぇえ！　それなら浜久の近くじゃない。わたし、いまからちょいと行って訊いてくる」

「よせ」

お沙世が言って腰を浮かしかけたのを、忠吾郎がとめ、

「うーむ」

うなった。

金杉橋の手前で街道に面し、浜久という小奇麗な小料理屋がある。お沙世の実家で、兄の久吉が亭主で義姉のお甲が女将である。そこに訊けば、なにかかわることがあるかもしれない。行こうとしたお沙世を引き止めたのは、浜久を事件に巻きこみたくなかったからである。

忠吾郎は荷主と運び屋を割り出してお上の裁きにかけ、畳屋のためじゅうぶんな償い金を取ってやらねばならぬと考えている。その係争の相手が浜久の近くとあっては、商いに差し障りが出てはまずい。

それに忠吾郎がうなったのは、宇平が大八車の足取りを見失ったという、金杉通りの地形である。金杉通りは街道に沿って町場がつづいているが、海辺のほうへ入り、町場を過ぎれば、寺社地と武家地になっている。荷主がそこのいずれかであれば、コトは面倒になる。

「どうしましょう。償い金も取れなくなって、泣き寝入り……」

八造の女房は、すがるような目を忠吾郎に向けた。

三

午過ぎである。

朗報と言うべきか、家に帰っていた豆腐屋の女房が相州屋に駈けこんだ。

「旦那ア、相州屋の旦那ア。来ました、あの大八が!」

精一杯押し殺した声で、店場の板敷きに這い上がった。

茶店からそれを見ていたお沙世も、さてはあの大八車のことと思い、街道を横切り相州屋の店場に飛びこんだ。

いましがた、朝方のあの大八車が田町三丁目を通り、四丁目の札ノ辻を過ぎ、高輪の大木戸のほうへ向かっているというのだ。

「えっ、さっきの大八車が？　まさか」

お沙世が土間に立ったまま声を上げたのへ忠吾郎は、

「走って行ったか」

「いえ。空(から)で、ゆっくりと」

荷がないと威勢が出ないのか、往来の動きに歩を合わせているようだ。だからかえってお沙世はそれと気づかなかったのだろう。だが豆腐屋の女房は、人足の顔をはっきりと見ている。三丁目でその顔を見つけ、四丁目まで尾(つ)け、大八車が札ノ辻を過ぎてから相州屋に飛びこんだという。

忠吾郎はすぐさまお仙と宇平、お絹の三人を呼んだ。

大八車は荷主に品を運び、その帰りのようだ。あとを尾ければ、運び屋の所在が判るかもしれない。

「参りましょう。ご案内を」

お仙が即座に応じ、宇平とともに豆腐屋の女房の案内で街道に出た。いくらか間を置いてお絹が出た。尾行を気づかれないように、ときおり前後を交替するためである。お沙世も行きたがったが、忠吾郎は行かせなかった。お沙世はいつも茶店に出ており、大八車の人足に顔を知られているかもしれないからだ。お沙世は鼻をふくらませ、不満顔だった。

早足に歩を進めた豆腐屋の女房が、

「あれです」

と、目標の大八車を捉えたのは、足が田町六丁目に入ってからだった。ほかにも大八車は行き来しており、豆腐屋の女房の案内がなかったなら、どれがどれだか見分けはつかなかっただろう。

「ごくろうさまでした。あとはわたくしたちに」

お仙に言われ、豆腐屋の女房は引き返した。札ノ辻まで戻ると相州屋に立ち寄り、

「あんな無法者を懲らしめるのにお役に立てて、嬉しいですよう。やっつけるのはこれからですね」

と、忠吾郎に首尾を伝え、満足そうに帰った。

忠吾郎は、宇平が大八車の消息を失ったのが、寺社地と武家地の近くであることに嫌な予感を覚えたが、

（ともかく、とっかかりをつかんでからだ）

と、お仙たちに期待した。

五間（およそ九米）ほどの間隔を保ち、進んだ。大八車の二人は、一人が軛に入り、もう一人がその横で轅に手をかけ、話しながら歩を進めている。

田町の街道は七丁目、八丁目とつづき、九丁目を過ぎたところに高輪の大木戸の石垣がある。抜ければ片側は海浜となって、いきなり潮騒とともに潮風を受ける。袖ケ浦の浜である。

大八車の二人がふり返ることはなかったが、念のためここでお仙と宇平はお絹と前後を交替した。

街道は袖ケ浦の浜辺に沿って湾曲を描き、品川宿に入る。三人とも旅支度ではないものの、草鞋を履いて来たのはさいわいだった。相州屋を出るとき、どこまで行くかわからないから草鞋にしろ、と忠吾郎に言われたのだ。

品川宿に入った。

突きとめた。大八車は品川に根城を置く、かなり大きな荷運び屋のものだった。屋号はなんとも、無法な人足たちの印象からはほど遠い〝小鹿屋〟といった。亭主は人の印象を操作するのに長けているのかもしれない。宇平もお仙もお絹も、この屋号には思わず顔を見合わせ、そして腹を立てた。

三人とも旅装束でなかったのがさいわいした。一見、在所の者のようだ。

この三人が成果を持って札ノ辻に戻ったのは、ちょうど陽が沈もうとしていたときだった。

おクマとおトラ、それに仁左もすでに寄子宿に帰っており、お沙世から大八車の一件を聞き、驚くとともに八造を見舞い、五体満足で意識もしっかりしているのにひと安堵(あんど)した。

忠吾郎は三人が暗くならないうちに帰って来たことに安堵し、さっそく相州屋の裏庭に面した居間に、これから急速に暗くなるのに備えて行灯(あんどん)の灯(あか)りが入れられた。忠吾郎を中心に上座も下座もなく、お仙、お絹、宇平、それに畳屋八造の女房、さらに仁左とお沙世も加わり、七人の円陣が組まれた。お沙世の茶店は日の入りとともに暖簾を下げ、店のほうを心配することはなかった。おクマとおトラは、

「あたしたちゃ、むつかしいことは嫌だよう」

と、八造をもう一度見舞い、長屋の自分たちの部屋に戻って寝てしまった。

忠吾郎と仁左はあぐらを組んでいるのに、宇平はお仙たちとおなじように端座になっている。長年の武家奉公で、それが習慣になっているのだ。

忠吾郎も仁左もお沙世も、大八車を尾(つ)けた首尾を聞きたがっている。

「さあ、宇平」

と、お仙にうながされ、宇平が語った。品川では宇平が中心となり、成果を得ることができたのだ。

件の荷運び屋の屋号には、仁左もお沙世も思わずふき出し、すぐに真剣な表情になった。八造の女房だけは、屋号を聞いただけでいっそう憤懣を募らせた表情になった。

宇平は小鹿屋に商家の番頭をよそおい、仕事を頼むかもしれないそぶりで入った。見かけも実際も実直な宇平にはそれが似合う。

番頭と店先で話した。もちろん宇平は、さきほど帰って来た人足が乱暴な走り方をし、人を撥ねたことなどおくびにも出さない。番頭は顧客が増えそうだと踏んだか、

「――ともかくうちは、頼まれた品はひと呼吸でも速く届けるのを本分としておりまして」

と、自慢をするように言い、品川からの荷運びでは府内の大店にも武家屋敷にも、なかば専属になっているような顧客がいて、

「――とくに芝の松平さまのお屋敷には贔屓にしてもらっておりまして、きょうも芝まで薪と炭を運びましてございますよ」

これを聞き出しただけで、三人がかりで大八車を尾けた価値はあった。

それに〝芝の松平さまのお屋敷〟といえば、きょう宇平が道々に聞き込みながら歩を進め、消息の絶えたのがその近くなのだ。金杉通りから海岸寄りへの枝道に入った武家地で〝松平さまのお屋敷〟といえば、近辺で知らぬ者はいない。そこは大名屋敷で、奥州会津藩二十三万石松平家の下屋敷である。会津は内陸国であり、だから下屋敷は海浜に面したところに置いたのであろうか。

忠吾郎は思わず、

「うーむ」

困惑のうめきを洩らした。出入りの薪炭運びの業者が町場で人を撥ねたなど、歯牙にもかけない相手ではない。会津藩は親藩でかつ大藩である。町奉行所の歯の立つ相手ではない。小鹿屋も揉め事があれば、会津藩二十三万石を盾にするだろう。

「いかがなさいやす」

仁左が忠吾郎に視線を向けた。座の全員の視線がそれに従った。八造の女房などは、忠吾郎の返答を待つよりも、

（さあ、応えてくだされ）

と、つぎの言葉を催促するような目であった。

「うーむ」

忠吾郎は再度うめいた。

(撥ねられ損)

あきらめの空気が座にながれた。

この場で一番若いお仙が言った。

「親藩で大藩なればこそではありますまいか。コトがおもてになれば、会津は体面を気にし、歯牙の間に置くやもしれませぬ」

「ふむ」

同感のうなずきを入れたのは仁左だった。

「歯牙の間？」

八造の女房がふと洩らしたのへ、仁左は応えた。

「捨ておくのではなく、問題にするということだ」

「ともかくだ、あしたの朝、また医者が八造どんのようすを診て、いかような証を立てるか。それを見てからだ」

忠吾郎は座を締めくくるように言った。心中では若いお仙に、このあと採るべき道を教えられた気分になっていた。

忠吾郎は裏庭の寄子宿の長屋に引き揚げるお仙、お絹、宇平たちの背を縁側に出て見送りながら、胸中につぶやいた。

(あの者たち、伊佐治とは違ったかたちで、有力な寄子になりそうだ)

四

翌朝、

「ねえねえ、どうでした」

と、お沙世が相州屋の路地に駈けこんだ。

さきほど、医者が薬籠(やくろう)を小脇に路地から出て来たのだ。きのうの話から、

(八造さんのようす次第では、忠吾郎旦那、二十三万石と喧嘩(けんか)?)

期待したい気持ちがある。

(許せない。小鹿屋の大八車)

きのうからずっと憤(いきどお)っているのだ。

あの大八車が八造を撥ねたとき、鄭重(ていちょう)に家まで運び詫(わ)びを入れていたなら、お仙やお絹たちも宇平に大八車の行き先を探索させたり、三人そろって品川まで尾行した

りはしなかっただろう。

荷主が会津二十三万石であることがわかると、憤懣を募らせたのはお沙世だけではない。

（二十三万石を笠に着ている）

座の全員の脳裡にながれたのである。

お沙世が路地から裏庭に走りこむと、母屋の裏庭に面した縁側に忠吾郎があぐらを組み、それを庭から囲むように、仁左、お仙、お絹、宇平、それにひと晩泊まった八造の女房が立っていた。

「おう、お沙世さん。いいところに来た。一緒に聞きねえ」

「はい、そのつもりで来たんです」

仁左が股引に着物を尻端折にした、町衆の姿にふさわしい伝法な口調で迎え、お沙世はいそいそと輪に加わった。茶店のすぐ前で起きた事故というより事件であるのに、なにもかも新参のお仙とお絹、また宇平に先を越され、出番がまったくなかった。そこへおなじく出番のなかった仁左に〝一緒に聞きねえ〟と声をかけられたのが嬉しかったようだ。仁左もお沙世も、お仙の敵討ちに身命を賭して合力しているのだ。仁左などは相方の伊佐治まで喪っている。

骨に異常はなかったようだ。

全治二十日ほどの診立てで、医者は言った。

「あとは鍼灸師に診てもらったほうがいい。十日もすれば立てるようになり、それから杖なしで歩く訓練をし、十日ほどは必要かのう。畳の仕事はすべてが平常にもどってからじゃ。くれぐれも無理はしなさんな。無理をすれば回復が遅れるだけじゃのうて、腰がひん曲がったまま元に戻らなくなるぞ」

脅すように言い、あとは鍼灸師に診てもらえなどと、無責任なのではない。医者はお絹の刀傷を癒したように、専門は金瘡（外科）である。それも正直で評判の名医なのだ。

その診立てを踏まえての、縁先での談合である。

「奉行所に訴え出て、公事（訴訟）に持ちこみ、小鹿屋も会津藩も懲らしめるべきです」

お仙とお絹は言う。だが八造の女房は、コトを荒立て小鹿屋を縄付きにし、会津二十三万石の評判を落とすよりも、

「二十日間も仕事ができなきゃ、一家そろって日干しになっちまいますよう」

と、小鹿屋に薬料と休業補償を要求することを望んだ。

「よし、わかった」

忠吾郎は方針を固めた。まず小鹿屋にかけ合い、埒が明きそうになければ奉行所へ訴え出ることをにおわせ、

「向こうさんの出方を見よう」

言うと忠吾郎は仁左のほうをチラと見た。

(それだけですかい？)

仁左は目で問いかけた。

忠吾郎の目は、さらになにかを言いたそうだった。

このやりとりに気づいた者はいない。

同時に忠吾郎は、お仙やお絹にはわからないように番頭の正之助を、呉服橋御門の北町奉行所に走らせた。奉行の榊原主計頭忠之に、

――明日、会いたい
言付けたのである。

忠吾郎の本名が榊原忠次であり、忠之の弟であることを知っているのは、伊佐治のいなくなったいま、仁左と正之助だけであり、お沙世も知っているが、それを口にしたことは一度もない。

畳屋の女房はいちど家に帰り、息子に大八車を牽かせて来ると仁左や宇平の手を借りて八造を乗せ、

「午過ぎ、また来ます」

と、帰って行った。八造は荷台の上で上体を起こし、何度も礼を述べた。杖をつけば歩けないことはない。だが、医者の言葉を守ったのだ。

八造を乗せた大八車を見送ると、

「それじゃ、行ってめえりやす」

と、羅宇屋の仁左は商い道具の木箱を背にした。宇平が一緒だった。天秤棒に古着を山のように引っかけて担いでいる。竹馬の古着売りである。

お絹とお仙がわざわざ街道にまで出て、

「お願いしますね」

「宇平もしっかり」

声をかけ、見送った。

ただの商いに出るのではない。このとき、街道の人のながれのなかに遠ざかる仁左と宇平の商いの姿が、お仙とお絹には頼もしいものに見えた。

煙管の雁首と吸い口をつなぐ竹の筒を羅宇竹といった。羅宇屋とは、古くなったり

割れたりした羅宇竹をすげ替える商いであり、煙管の脂取りもする。

背に担いだ小型の箪笥のような道具箱には、いくつも抽斗がついており、布切れや紙縒り、吸い口や雁首が入っている。一番上の蓋には小さな穴がいくつもあり、羅宇竹が挿されており、これが歩調に合わせて音を立てる。町場の裏道などを歩けば、屋内の者にもその音で羅宇屋が来たことがわかる。

声がかかれば裏庭に入り、縁側に羅宇竹をならべ、しばしその家の裏手の縁側が商いの場となる。あるじや番頭などが出て来て座りこみ、世間話に興じたりする。そこではおもてにはながれていないうわさを聞くこともある。

その羅宇竹の音は、会津藩下屋敷のある金杉橋の方向へ向かい、すぐうしろに竹馬の古着売りになった宇平がつづいている。

古着の行商は大きな風呂敷包みを背に、一軒一軒声をかけてまわるのが通常である。だが宇平は風呂敷包みではなく天秤棒だ。その天秤棒の前後に竹の足がついている。肩からはずせば、竹の足に支えられた天秤棒にさまざまな古着が盛り上がっているかたちになる。それを担いで歩いている姿も、地に据えているときも、竹馬のように見えることから、いつしか竹馬の古着売りという名がついた。

その商いは一軒一軒まわるのではなく、近辺に竹馬の古着売りが来たことを触れて歩き、町角や広小路の隅、寺社の門前に竹足のついた天秤棒を据えて客が来るのを待つ。ゆっくり選べるところから、けっこうお客はつく。長屋のおかみさんや商家の女中、武家地では腰元などが来る。しばし竹馬のまわりが、女たちのおしゃべりの場になることがよくある。そこにもまたさまざまな町のうわさが飛び交うのだ。

この竹馬の古着売りの道具一式は、死んだ伊佐治が使っていたのだ。

お仙に従って相州屋の寄子になった宇平が、自分もなにか仕事をさせていただきたいと忠吾郎に話すと、

「――おう、それなら伊佐治のがそっくり残ってらあ。供養だと思って、それをやりなさらんか」

仁左が即座に言って決まったのだった。

やってみると、腰が低く人あたりもやわらかく、商いにすんなり入ることができた。それに奉公していた石丸家が断絶してから、自分のものはもとより、お仙の着るものもすべて古着であったため、売値にも精通していた。

きのう宇平が商いに出ず寄子宿にいたのは、お仙とお絹に手伝ってもらい、買い取った古着の洗濯や繕(つくろ)いをするためだった。

歩調に合わせた羅宇竹の音と古着をこんもりと盛った竹馬は、金杉通りに向かった。行き先は会津藩下屋敷である。きのうのうちに、忠吾郎とお仙、お絹をまじえ、きょうの商い先を話し合ったのだ。

そのときお仙とお絹は、自分たちが腰元として下屋敷に入れないかと真剣に言ったものだった。大名屋敷の腰元や中間は、多くが国者であり、いかに相州屋といえ、そう右から左へと口入れできるものではない。

仁左は下屋敷の裏門に声をかけ、すんなりと中に入り、裏庭の縁側で店開きをした。屋敷内にも藩士や中間などで、煙草をたしなむ者がけっこういるのだ。門番にただで新しい羅宇竹をすげ替えてやろうといえば、屋敷内でいま羅宇屋が来ていると触れてまわってくれたりする。数のそろっている大きな屋敷では、それでもじゅうぶん採算が取れるのだ。

宇平は武家地と町場の境の往還に竹馬を据えた。触れてまわってしばらくすると、女衆が集まって来る。一軒一軒まわるのとは違い、素見客もいる。女衆にすればそれだけ気軽に品を物色でき、それがまた商いにつながる。しかも武家地なら、腰元や中間がお仕着せに拝領した着物を、売りに来たりもする。これもまた商いにつながる。

裏庭の縁側ではさっそく藩士が二人、羅宇竹のすげ替えに来て、縁側にならべられた品をあれやこれやと選び始めた。一段落つけば、世間話になる。

「最近、屋敷の外で変わった話はないか」

と、屋敷内の者は外の動きに飢えている。

「ありまさあ」

仁左は語った。中間も集まって来る。

「品川から薪や炭を運んで来た大八車が、田町の札ノ辻で町人を撥ねて大ケガをさせて逃げ去り、町じゃ大騒ぎになってまさあ。きのうのことで」

「けしからん大八だなあ。どこの者だ」

「それがわからねえから、騒ぎになってんでさあ。奉行所に訴え出て、探索してもらおうとね」

仁左は相手が代わるたびに話した。きょう中にも話は屋敷中にゆきわたり、それが小鹿屋と気づく者もいるはずだ。

宇平も話した。

「なにしろ、生きるか死ぬかの大ケガでございましてね。そこの会津さま出入りの荷運び屋らしいのでさあ」

「えぇえ、会津さまの！　どこで？」

「ほう、こちらにはまだ伝わっていませんでしたか。田町の札ノ辻ですよ」

「あ、そういえば、そんな乱暴な大八、きのう近所でも見たよ」

早くも言う者がいた。

これより数日は無謀な大八車が、この界隈（かいわい）で話題になることだろう。

五

忠吾郎も動いた。

畳屋八造の女房が〝午過ぎ、また来ます〟と言ったのは、

「――よし。小鹿屋とやらへの掛け合いは、早いほうがいい。わしがついて行ってやるぞ」

と、忠吾郎が言ったからである。八造の女房にすれば、達磨顔で押し出しの利く忠吾郎が一緒に行ってくれるなら百人力であろう。

正之助が呉服橋から戻って来るのを待ち、出かけた。人宿の仕事場を留守にすることはできない。

案内役にお絹をともなった。お仙も行きたがったが、忠吾郎が押しとどめた。押し

かけ、掛け合ったとき、小鹿屋の反応はおよそ想像できる。そこに武家の出で若く敵討ちまで果たしたお仙がいたなら、

(不測の事態が生じる)

忠吾郎は予測したのだった。

札ノ辻から品川までの道中、八造の女房は幾度も言った。

「三両、五両、いえ、十両。ふっかけてくだされ」

忠吾郎旦那が掛け合ってくれたなら、

(その場でもらえる)

思っているようだ。

品川宿の町並みに入った。

「こちらです」

お絹が先頭に立った。

表通りからはずれた雑多な一角に、確かに〝小鹿屋〟の文字があり、小鹿の絵柄まで染め抜かれている暖簾があった。

きのう宇平が訪(おとな)いを入れたのとおなじ時分だった。出払っていた人足たちが帰って来る時分で、店先は慌ただしいというほどでもないが、屋号や暖簾の絵柄には似合

わない、荒々しい男たちの出入りがあった。

(豆腐屋のおかみさんも連れて来ればよかったなあ)

忠吾郎は思った。いまいる人足たちのなかに、きのうのあて逃げの二人がいるかもしれない。それの面通しができるからだ。

きのうは宇平一人だったから、番頭が店先で立ち話のように応対したが、きょうは〝女中〟を二人も連れた、鉄の長煙管を帯に差した、いわくありげな旦那である。番頭はいい顧客になりそうだと踏んだか、揉み手をしながら部屋に通し、お茶まで出して、

「はい。手前どもは速さが売りでございまして、多くのお客さまから喜ばれておりまず。で、お見かけしないお方ですが、どちらから」

「大木戸向こうの田町からだ」

「さようでございますか。ご府内からわざわざ。手前どもは大木戸の内側にもお客さまがおいでで、お大名屋敷にも出入りさせていただいております。はい」

と、暖簾の絵柄に似合い、愛想がいいのはここまでだった。

忠吾郎が積荷と会津藩下屋敷と行き先まで言い、あて逃げの話を切り出すと、番頭の態度は一変した。形相（ぎょうそう）まで変え、部屋の外に向かい、

「おおい、誰か来ておくれ。またなにやら因縁をつけに来たお客さんだ」

声を投げると、荒々しい返事とともに三、四人の人足が入って来て、畳に座している三人を取り囲むように立った。

番頭はなおも言う。さきほどとはまるで別人である。

「おまえさん方のように、強請まがいの因縁をつけに来る人がときどきおりやしてねえ。どうせいくらかの金子にあずかろうとしていなさるんだろうが、うちの稼業にはいい迷惑でさあ」

さらに人足たちに向かい、

「おう。おめえらのなかに、きのう田町を通って金杉の会津さまのお屋敷に炭と薪を運んだ者はいるかえ」

「おりやせん」

案の定だった。あらかじめ申し合わせでもしていたように、即座に返事が返った。

どうやら轢き逃げやあて逃げの苦情はよくあり、それへの対応は決めているようだ。

——高飛車に出て追い返す

忠吾郎とお絹はこの変化に悠然と構えているが、はやくも八造の女房は怯え、忠吾郎の腕につかまった。いま凄んでいる人足のなかに、きのうの二人もいるかもしれない。

　番頭は立ち上がって言った。

「こともあろうに、難癖をつけるのに会津さまの名を騙るなんざ、お屋敷に聞こえたら、あんたらタダじゃすみやせんぜ。ま、なんの真似だか知りやせんが、せっかく田町のいずれかから女中を二人も連れて来なすったのだ。足代くらいは出して差し上げやしょう。これでもう来なさんな。あんたらのためですぜ」

「そういうこった。会津さまに睨まれたくなかったら、もう二度と来るんじゃねえぜ」

　人足の一人も凄む。ますます屋号と暖簾の絵柄から遠ざかる。きのうのあて逃げの片割れは、こやつかもしれない。

　忠吾郎はまだあぐらを組んだまま言った。

「なるほど、これがおめえさんらの答えかい。いいものを見せてもらったぜ。さあ、きょうはこのくらいにしておこうか」

「旦那さまア」

　腰を上げようとする忠吾郎の腕に、八造の女房はしがみついた。

　お絹も忠吾郎につづき、腰を上げ言った。

「おもしろいお店ですねえ、理非をさかさまになさるとは。せめて荷運びのときは、天地をさかさまになさらぬように」

「なにいっ」

喰ってかかろうとした人足を、番頭は手でとめた。

外に出た。

「旦那さまア。いったいこのあと、どのように」

「心配しなさんな。こうなるのは想定の範囲内だから」

すがるように言う八造の女房に、忠吾郎は言った。償い金を要求しようと思っていた相手にいきなり凄まれ、まだ気が動顛しているようだ。

歩を進めながらお絹も言った。

「うふふ。お仙さんが一緒でなくて、よかったですねえ」

「そのようだなあ」

忠吾郎は返した。

さきほどの場にお仙がいて、脇差でも持っていたなら、最初のひと言で番頭の首が飛んでいたかもしれない。というのは大げさだが、ひと悶着あったことは確かだろう。部屋に武器になるようなものといえば、忠吾郎の鉄の長煙管だけであった。心の中では、幾度もそれがうなりを上げていた。

三人の足は、袖ケ浦の潮騒の街道を過ぎ、田町九丁目の高輪の大木戸に入ろうとしていた。

八造の女房はまだ怯えているようで、しきりにふり向こうとするのを、忠吾郎はたしなめていた。お絹に言った。

「気がついておるか」

「はい」

お絹は応えた。


往還の両脇に城門のなごりの石垣が残っている。そこを入れば高札場の広場である。両脇に茶店やめし屋が軒をつらね、旅人や往来人はここでひと休みする。町駕籠も数挺、客待ちをしている。茶店の女が外まで出て、しきりに客引きの声を上げている。

往還から、三人の姿が不意に消えた。十数歩うしろに尾いていた人足風の若い男が歩を速めた。石垣を入ったとたん、男は腕をつかまれ、脇へ引きこまれた。首に鉄の長煙管があてられている。

「ううう」

男はうめき、忠吾郎は言った。

「ご苦労さんだなあ。帰ったら番頭に言っておけ。こんど会うときは、亭主が出て来るようにとな」

「うっ」

男は返事をする代わりにうめいた。忠吾郎の長煙管が耳を打ったのだ。痛さが全身に走ったようだ。

小鹿屋の番頭は、忠吾郎と向かい合っているとき、凄みながらも、

（……？）

胸中では首をかしげていた。達磨顔の男と若いほうの女は落ち着き払っている。

（堅気じゃねえ）

感じ取り、逆に素性を訊き忘れ、人足の一人に尾けさせたのだ。

痛さに顔をゆがめる人足に、忠吾郎はさらに言った。

「番頭に言っておけ、わしは札ノ辻の人宿、相州屋忠吾郎だ。おめえらのほうから用があるなら、いつでも来いとな」

「へ、へえ」

つかまえていた腕を離すと、男は這う這うの態で潮騒の街道に引き返して行った。

小鹿屋が畳屋八造の居宅を嗅ぎつけ、そこに嫌がらせをするようになってはならない。だが八造の女房は、追い払ったことに安堵するよりも、尾けられていたことで、

「旦那ア、お絹さん。こんなことになって、これからさきは……」

と、怯えを倍加させたようだった。

忠吾郎たちが札ノ辻に戻り、

「あら、お帰りなさいまし。さっき仁左さんたちも」

と、縁台に出ていたお沙世に迎えられたのは、日の入りのすこし前だった。

八造の女房は忠吾郎に礼も言わず、

「あたし、亭主が心配だよう」

と、居宅のある田町三丁目のほうへ、小走りに駈けて行った。

「え……？」

と、お沙世はそのようすに首をかしげた。

お沙世が言ったように、仁左と宇平はすでに帰っていた。二人ともきょう出かけた商い場は、一カ所だけだった。

さっそく相州屋の母屋の居間に、忠吾郎を中心に仁左、宇平とお仙、お絹が集まった。相変わらず宇平は端座になっている。そこへお沙世も、

「もう、お店、閉めましたから」

と、駈けつけた。日の入り前の慌ただしくなる時間帯に、縁台に腰かけ、ゆっくりと茶を飲むような客はいない。

日の入りになった。夕陽を受け朱色に染まっていた明かり取りの障子が、本来の白い色に戻った。行灯に火が入る。

会津藩下屋敷とその近くの町場での成果、さらに品川の小鹿屋でのようすが語られた。やはりお仙は、

「断じて許せませぬ」

と、高飛車に出た小鹿屋に、憤慨を隠さなかった。

お沙世は、さきほどの八造の女房の、不可解な行動の理由(わけ)を知った。

忠吾郎は、

「相手方の脅(おど)しに、あそこまで怯えるとは、ちと予想外だったなあ」

と、語り、

「このあと会津屋敷がどう出るか、それを見極めなければならねえ。仁左どんと宇平

どんの仕事、大きな成果を生むかもしれぬぞ」

「そう。武家は体面を重んじますから。お大名家ならなおさら」

お絹が言った。出入りの業者が不始末を犯したとなれば、屋敷はさっそくなんらかの措置を取るだろう。

「それでは懲らしめることになりませぬ」

お仙は言った。

「懲らしめるもなにも、畳屋がどう償い金を得るかのほうを、いまは優先しなければならぬわい」

忠吾郎は言い、お沙世に、

「品川方面から来る大八車や荷馬の人足が、これに関わるうわさをしていないか、気をつけていてくれ。それだけじゃのうて……」

「はいな、旦那さま。通り過ぎる大八や荷馬を無理やり座らせてでも」

お沙世は応えた。忠吾郎から役割をふられ、急に元気が出て来たようだ。

六

翌朝からさっそくお沙世は仕事にかかった。大八車や荷馬の荷運び人足が縁台に座れば、うわさを集めるだけではない。ながすのだ。

「おとといですよ。ここで大八車が人を撥ねましてねえ。なんでも品川から来た大八車らしいですよ」

「おっ。そういえば、近くに速さを売りにしている運び屋があるなあ。小鹿屋とかいう、なんともふざけた屋号のよ」

効果はあった。応えたのは、おなじ品川の荷運び屋の人足だった。

その相方が言った。

「あんなのがいるから、わしらの評判まで落ちるんじゃ。なにが小鹿屋だ。困ったやつらじゃわい」

となりの縁台に座っていた馬子（まご）も話に加わった。荷運びという点では同業である。

「そんなところへ頼む荷主がいるってのも、困りもんじゃ」

と、そうした声は会津屋敷のある金杉通りから品川宿まで、徐々にながれることだろう。

「轢かれて死んだらしいよ。会津さまがその小鹿を飼っていなさるそうな」

「えっ、お大名家出入りの荷運び屋が人殺し!?」

場所も札ノ辻から高輪の大木戸や金杉橋など、あちこちに変わることだろう。

お沙世はそれを心得ている。そうしたうわさが、

（小鹿屋や会津屋敷を懲らしめることになるのだ）

昨夜、相州屋の居間で膝を交えた面々が、共通して思うところとなっている。

仁左も宇平も、きょう商いに出た町々でうわさをながすことだろう。すでに屋敷ないにも町場にもながしているのだ。

午過ぎになった。

忠吾郎は長煙管を帯に差し、

「じゃあ、あとを頼みますよ」

番頭の正之助に言うとふらりと外に出た。〝明日、会いたい〟との言付けだけで、場所も時間も榊原忠之には通じる。金杉橋の小料理屋・浜久で、時間は昼八ツ（およそ午後二時）である。

この時分なら、飲食の店は昼の書き入れ時を終え、急な場合でも部屋を準備でき

る。それに場所をいつも金杉橋の浜久にするのは、お沙世の実家だからというのでは

なく、金杉橋が北町奉行所のある外濠呉服橋と札ノ辻との中ほどになるからだった。

忠吾郎は寒さ除けに厚手の半纏を着こんでいる。浜久の仲居たちは、忠吾郎が札ノ

辻の人宿・相州屋の旦那であることをよく知っている。

忠吾郎が部屋に通されてから、さほど待つこともなく忠之も一人で来た。着ながし

に大小を帯び、深編笠をかぶっている。裕福な浪人のように見える。仲居たちはその

素性を知らない。以前は仲居どうしで、どこのどなただろうとよくうわさしあってい

たが、そのたびに女将のお甲が、

「――お客さまのことを、あれこれ詮索するものじゃありません」

と注意し、いまではただ〝忠吾郎旦那のお武家のお友だち〟とだけ認識するように

なっている。そのお武家が北町奉行だなどと知ると、仰天することだろう。忠之が弟

の忠次こと忠吾郎に会うときは、いつもお忍びなのだ。

女将のお甲は、忠之と忠次こと忠吾郎が来るときは、いつも一番奥の部屋を用意

し、その手前を空き部屋にする。盗み聞きを防ぐためである。それを無理やりにでは

なく自然におこなうためにも、書き入れ時が終わったあとでなければならないのだ。

料理も簡単なものしか出さない。二人とも食事に来たのではない。仲居たちも簡単な膳を運ぶと、あとはお呼びがかかるまで部屋には近寄らない。

忠吾郎が兄の忠之を迎えるかたちになったが、忠之は部屋に入るなり、

「おまえのほうからお呼びがかかるとは珍しいなあ。実はきょうあすにも、儂のほうからおまえに呼び出しをかけようかと思っていたのだ」

言いながら座についた。二人ともあぐらである。

「まず、おまえの話から聞こう。札ノ辻で大八車が人を轢き殺して逃げたかな。それとも馬か。それを捜し出せ、か。ちかごろそんなのが多いでのう」

「ほっ、兄者。もう耳に入りやしたかい。おとといのことですぜ」

と、話が始まった。

七百石という大身の旗本である榊原家から、次男の忠次が将来のない冷や飯喰らいの部屋住を嫌って出奔したのは、二十歳のときだった。それから忠吾郎と名を変えて四十年ほどを経ている。武家言葉より町場の伝法な言葉遣いが、すっかり身についている。

「いいや。聞いておらんが、ほんとうにあったのか」

「なにを呑気なことを言うてなさる。町奉行ともあろうお人が」

と、忠吾郎は、札ノ辻で大八車が畳屋の亭主を撥ねた一件を詳しく語った。

聞き終えた忠之は、

「あははは。それの屋号が小鹿屋とは、これまた皮肉なことよ」

と、笑いをまじえ、

「街道や会津屋敷の周辺にうわさをながし、小鹿屋だけでなく会津も談判の場に引きずり出し、場合によっては奉行所が立ち会い、札ノ辻で撥ねた瞬間を再現して諸人の耳目を集め、一罰百戒にする、とそういうことじゃな」

「そうすりゃあ、街道で乱暴な走りをする大八も馬も町駕籠も、ちったあ気をつけると思いやしてな」

「よし、わかった」

忠之は返し、つづけた。

「大名家に町奉行所は手も足も出ないが、登城したとき、大目付どのにそれとなく話しておこう。下屋敷の者に奉行所の白洲に来てもらうことはできぬが、歯牙の間には置いてくれよう。往来での事故は、当事者も荷主もひとしく罰するのがご掟法じゃでのう。本来なら奉行所がやらねばならぬところ、街道ではおまえがいろいろとやってくれて助かるぞ」

「兄者のためにやっておるのではない。許せねえことは許せねえだけのことだ」

「わかっておる。ともかくじゃ、その畳屋に奉行所へ訴え出させろ」

「承知した。畳屋にはきょうあす中にも、訴え出させよう」

忠吾郎は言ったものの、女房のきのうの怯え方が気になっていた。

懸念を胸に置いたまま、忠吾郎はつづけた。

「それで兄者もわしに用とは、どんなことかな。面倒なことなら断りやすぜ」

「あはは、おまえが嫌がって家を出た部屋住のことだ」

「まっこと嫌な言葉だ、部屋住なんてのはなあ。で、どのような」

「まあ、武家の部屋住の仕組は誰にも如何ともしがたいが、その身にある者たちが、町場に出ていろいろと悪戯をしておってのう」

「いまに始まったことじゃありやせんぜ」

「そのとおりだ。じゃが、町場に係り合う者にとっては、相手が武家とはいえ放ってはおけぬ。それも巧妙な手を使いおってなあ」

「みょうな言い方だなあ。わかるように言ってくれ」

「萬請負師というのを知っておるか」

「ああ、聞いたことはある。どんな揉め事でも、公儀の手をわずらわさず、秘かに双方納得するようにまとめるというあれかい。それがなにか」

「それを旗本の次男、三男……つまりおまえのようなのが手を染めているらしいのだ」

「ほう。悪いこととは思えねえが」

「うまく行っているときはな。もともと町場で気の利いたやくざ者がやっておったことじゃ。それを部屋住とはいえ武士がやるなど……。もちろん、やっているのは部屋住ばかりとは限らぬが」

「ともかく、公儀をないがしろにする輩、許せねえ、と？ そうは思えねえが」

「いや、武家が係り合って、それがどんな不始末を世に及ぼすか……。ともかくだ、まとめ屋もどきの者を聞けば、儂に知らせてくれ。隠密廻り同心の染谷にも命じておるのだが、町場のことに関してはおまえに勝る者はおらんわい」

「あはは、わしを使嗾なさるか、兄者は」

「まあ、そうなる。さっきなあ、大八車の話を聞き、そこに武士の萬請負師が出て来そうな気がしてな。片方が大名屋敷となれば、町場のやくざ者じゃ手が出せんじゃろからなあ」

「ふふ、兄者。使嗾されやしょう。もし出て来たら、どうしなさる」

「わからぬ。実はこの話なあ、お城の目付どのから相談されたことでなあ」

「なんだって！」

座はにわかに緊張した。

いま忠之と忠次こと忠吾郎の脳裡には、おなじ一人の男の顔が浮かんでいるはずである。

仁左だ。ときおり忠吾郎は仁左に、こやつ何者と思うことがある。

その仁左を榊原忠之は、江戸城本丸の正面玄関で見かけたことがある。羽織袴を着けた武士であった。徒目付の詰所に向かっていた。

これを忠之から告げられ、忠吾郎は言ったものである。

「――仁左を問い詰めるようなことはしねえ。わしがあの者に兄者との血筋を話したのは、あの者がみずからわしに素性を明かしてくれると思うたからだ。それをわしは待っているのだ。末永くつき合いたい男ゆえなあ。問い詰めれば、プイとどこかへ消えてしまいそうな気がしますのじゃ」

旗本支配は若年寄であるが、実際に旗本の不正を探索するのは若年寄配下の目付であり、さらに目付の差配で足を駆使するのは徒目付である。ならば、町奉行所が隠密廻り同心を擁しているように、徒目付のなかに公儀隠密のように姿を変え、市井に住みついている者がいてもおかしくはない。

目付が武士の萬請負師の焙り出しを町奉行所に依頼したとなれば、徒目付も動いているにちがいない。

その一人が……仁左？　それを明らかにするためにも、忠之は萬請負師の話を忠吾郎に持って来たのだ。仁左はすでに、小鹿屋の一件に動いている。

「ま、この話。いままでどおり、仁左は相州屋の寄子で、期待以上に動いてくれる羅宇屋ということにしておきますわい。この長煙管をあつらえてくれたのも、あやつだからなあ。刀も叩き折るほど、よくできておる」

忠吾郎は風を切るように、鉄の長煙管を振った。

二人が浜久を出たのは、陽が西の空にいくらかかたむきかけた時分だった。

畳屋のある田町三丁目は帰り道である。忠吾郎は見舞いがてら立ち寄った。忠之が言った、奉行所に訴え出るのを催促するためでもあった。

鍼灸師が来ていた。ようすを訊くと、おととい金瘡の医者が言ったのとおなじ診立てだった。強度の打身と軽い捻挫でまだ歩けないものの、順調に回復しているようだ。だが、奉行所に訴え出る件については、

「町役さんについて行ってもらわねばならないので、都合をつけてから」

と、女房は心配げな表情で言った。小鹿屋の権幕と、帰りに尾行までついたことが、よほど気になるようだった。小鹿屋が荷運び屋なら、いつも街道を通っているはずである。公事などにすればどんな嫌がらせがあるか……。それに荷主は下屋敷とはいえ、二十三万石の大名家である。そこを相手に公事……。

（無礼打ち）

女房の脳裡に走ったのかもしれない。

忠吾郎は催促せず、女房の気が落ち着くのを待つことにした。

夕刻近くになり、きょう一日の仕事を終えようとする急ぎ足の大八車や荷馬、行商人などで街道の動きが慌ただしくなるなか、おクマとおトラが商いから帰って来た。縁台に出ていたお沙世に、

「お沙世ちゃん、大変、大変。人が大鹿に蹴られて死んだって」

「それもこの街道だって。見なかったかね。どこから迷いこんだんだろうねえ」

真剣な顔で言う。

お沙世はふき出した。小鹿屋の大八車が大鹿になり、負傷が死亡になっているよう

だ。

「さっき仁左さんと宇平さんも帰って来たから、話してあげたら。きっとおもしろがりますよ。忠吾郎旦那もね」

「おもしろがる話じゃないよ」

「この街道でのことなんだから」

おクマとおトラは急ぐように寄子宿の路地に入って行った。早く話したいのだろう。

おクマの蠟燭の流れ買いは、蠟燭のしずくをかき集めて買い取る商いである。それを蠟燭屋に持ちこめば、新たな蠟燭に再生される。

おトラの付木売りは、火打石で火を熾すとき、火花から火を取りやすくするのに、きわめて薄い木片の先端に硫黄を塗った付木を使うが、それを束にして一軒一軒売り歩く商いである。

どちらもかさばる品でないため、年寄りにもできるのだ。蠟燭のしずくをかき集めるのも付木を売るのも、家の台所に入り、相手はおかみさんか女中である。当然そこにさまざまな町のうわさも語られる。街道のどこかで誰かが大きな鹿に蹴られたという話も、いずれかの台所で聞いたのだろう。

「ほう」

と、仁左と忠吾郎は笑わなかった。そこまで尾ひれがつくとは、うわさが広く語られ、多くの人の口を経た証（あかし）である。裏庭に面した縁側で、

「うまく行っているようでやすね」

「そのようだ」

仁左が言ったのへ忠吾郎は返した。

七

三日ほどが過ぎた。

八造の腰は鍼が効いているのか当人の早く仕事がしたいとの意志が強いのか、回復が早く、

「いやあ、お世話になりやした」

と、八造が女房につき添われ、自分の足で歩いて札ノ辻まで来てお沙世の茶店の縁台に腰を下ろした。まだ朝のうちである。

「ほう、ほうほう」

と、忠吾郎が縁台に腰かけている。歩き方が腰をかばうように前かがみで、鍼灸師から力仕事はまだ厳禁されているという。女房につき添われての足慣らしの訓練のようだ。

「外へ出るのはきょうが初めてなんです」

と、女房は八造を縁台から支え起こし、帰って行った。

「よかったですねえ」

お沙世は言ったが、忠吾郎は首をかしげた。女房は、公事の件をなにも話さなかった。だが、なにかを話したそうな素振りだった。

お沙世は気づかなかったようだが、やはり忠吾郎の勘は当たっていた。そのあといくらか間をおき、女房が一人で来た。忠吾郎が向かいの相州屋に戻ってからだった。やはりさっきは、忠吾郎が縁台に出ていて、お沙世が一緒だったから話せなかったようだ。店場の帳場格子には番頭の正之助が座っていたが、忠吾郎と交替した。忠吾郎は八造の女房を奥に上げようとしたが遠慮するので、店場で話すことにしたのだ。

座敷のかしこまった場より、店場のほうが気楽に話せるようだ。女房は土間に足を置いたまま、店場の板敷きに浅く腰かけた。忠吾郎は女房が話しやすいようにと、帳場格子のなかに座ったままで、ちょうど奉公先を求めて来た女を、忠吾郎が応対しているようなかたちになった。これなら、すんなりと話せそうだ。

　女房は言った。

「八造も、ご覧になったように、思ったより早く回復しており、すべて解決いたしました。ですから、お奉行所に訴え出て、公事にするなどの大それたことは、なかったことにしていただきたいのです。いえ、親身になっていただいた旦那さまや、お絹さんにも品川まで一緒に行っていただいたご親切は、決して忘れるものではありませぬ」

　女房は帳場格子のほうへ身をよじり、ふかぶかと頭を下げた。

「ふむ」

　忠吾郎はうなずいた。肯是(こうぜ)したのではない。その兆候は忠吾郎とお絹がつき添い、品川の小鹿屋に行ったときから感じていた。その懸念が当たったことへのうなずきである。さきほどは亭主と一緒に来て、つい言いそびれ、そのあと一人で来た。亭主の八造とじっくり話し合ったうえでのことだろう。

「それでは、ありがとうございました」

　と、板敷きにかけていた腰を浮かしかけた女房に、

「待ちねえ」

忠吾郎は引きとめ、

「会津さまか小鹿屋から、なにか話があったのかい」

問いかけた。四日前、忠之から〝萬請負師〟の話を聞いたのを思い出した。

「え、ええ」

と、女房は困惑気味に腰を据えなおした。やはり話があったようだ。ながしたらわさが圧力となり、相手方に早々の幕引きをうながしたのであろう。仁左と宇平、それにお沙世の努力は、功を奏したのだ。

忠吾郎は質した。

「まあ、おめえさんら夫婦が得心してのことなら、それもよござんしょう。話は会津さまかい、それとも小鹿屋からかい」

「あ、会津さまからで」

女房は言いにくそうに応えた。

「ほう。金杉の下屋敷から、藩の侍が来たかい」

「い、いえ。会津さまから依頼されたという、お旗本のお方が……」

忠吾郎は、

(侍身分の萬請負師か)

直感し、

「ほうほう。で、なんという旗本で、おめえさんら夫婦が得心するたあ、どんな話に落ち着いたのだい」

親身になってくれた忠吾郎に問われれば、女房は応えざるを得ない。

「建部山三郎さまと申されるお旗本で、その、会津さまからの見舞い金だといって、五両……。それに、小鹿屋にはお屋敷への出入りをお禁じになった……と。これで、すべて終わったことに……と」

「ほう。それはよかったじゃねえか」

忠吾郎が肯是したものだから、畳屋の女房はホッとした表情になった。

五両といえば、一人前の職人の二月分の稼ぎに相当する。八造はあと十日もすれば仕事に復帰できそうなようすだった。償い金としては、じゅうぶんなものがある。

女房はさらに言った。

「あのう、このことは、ご内聞にできませんでしょうか」

「なにを言うかね。天下の往来でのこととなりゃあ、八造どんだけの問題じゃねえぜ。お屋敷が他人を介してとはいえ、そこまで誠意を示されたんじゃねえか。それを町内でも話して世間さまに知ってもらえば、往来で人を撥ねたり轢いたりすりゃあ、決して逃げ切れるものじゃなく、これだけのことはしなきゃならねえとなり、ほかの人足や荷主への戒めにもなるんじゃねえのかい」

「そ、そりゃあそうですけど」

「まあ、よかったぜ。あとは八造どんの本復を祈るばかりだ。おめえさんもよう面倒をみて、感心なことだと思うぜ」

「は、はい」

忠吾郎に励まされ、女房はふたたび腰を上げ、敷居を外にまたぎ、往来の者がふり返るほどふかぶかと頭を下げた。

さっそくお沙世が向かいから飛びこんで来た。

「ねえねえ、旦那さま。なんの話だったんですか？」

「まあ、待ちねえ。仁左らが帰ってからだ」

忠吾郎は諭すように応えた。

待った。仁左と宇平は一対になり、まだあちこちでうわさをながし、また聞いていることであろう。事態はすでに変わっているのだ。

おクマとおトラが帰って来た。金杉橋の方向からだ。

日の入りにはまだ間がある。

茶店の縁台に腰かけてひと休みし、

「見たんだよ、聞いたんじゃなくって」

「そう、目の前で」

と、お沙世を相手に話しはじめた。大八車の話ではなさそうだ。おクマとおトラは、町々で仕入れた話題が豊富である。

きょうは増上寺門前の町場をながしたようだ。そこで騒ぎに遭遇したらしい。昼間から一杯機嫌の武士が、原因は知らないが料亭の仲居に刀を抜き、斬りつけようとしたらしい。そこへ土地（ところ）の店頭（たながしら）一家の若い衆が駈けつけ、武士を店の外へ追い出した。おクマとおトラはちょうど、その料亭の勝手口のほうで商いをしていた。武士は往還でも大声でわめき、

「――逃げも隠れもせぬ。俺は本所（ほんじょ）に住まう旗本家の土谷左一郎（つちやさいちろう）だ。また来る。覚えておれ」

と、捨てぜりふに名前まで明かして去ったという。

「お旗本でも、馬鹿なお人がいるもんだねえ。まだ若い顔だったけど」

「まったく恥さらしさ。名前まで大声で言うのだからさあ」

ひとしきり話してから、おクマとおトラは寄子宿の路地へ入って行った。二人はお

仙やお絹たちにも話すだろう。もちろん忠吾郎や仁左たちにもである。

二人が路地に消えるとすぐだった。カシャカシャと羅宇竹の音が聞こえ、仁左と宇平が帰って来た。おクマたちとは逆の、高輪の大木戸の方向からだった。そのまま路地に入ろうとするのをお沙世は、

「ちょいと、ちょいと」

と、呼びとめ、きょう朝方、畳屋八造が来たことを、

「八造さん、順調に回復しているみたい。それにおかみさんが……」

と、女房が二度も来て忠吾郎となにやら話しこみ、仁左の帰りを待っていることを告げ、

「わたしもすぐ行くから」

「ふむ、そうか。待っておるぞ」

仁左も興味を示した。

さっそくだった。

いつもの母屋の居間に忠吾郎を中心に、仁左、宇平、お仙、お絹、それに店を早々に切り上げたお沙世の顔がそろった。いずれもこたびの小鹿屋の件で、忠吾郎の差配でそれぞれの動きをした者たちだ。

忠吾郎は畳屋八造の女房が語った内容を詳しく話し、会津藩下屋敷には町場にながれたうわさが一定の圧力になったであろうことも語った。北町奉行がお城で若年寄か目付に話し、それも会津藩への圧力になったであろうことは伏せた。

「さようですかい」

と、仁左が驚いたようすもなくうなずいたとき、忠吾郎は、

（この者、やはり知っておるのではないか）

内心、思ったものである。

忠吾郎は締めくくるように言った。

「畳屋夫婦がそう決めたのなら、それに従うほかはあるめえ。なにぶん地元の札ノ辻でのことだ。よそで他人に聞かれりゃ、会津の処置を正確に話してやればいいだろう」

「やはり会津さまは体面を保たれたのですね。これですべてをなかったことにしてしまわれるとは」

お仙が皮肉っぽく返し、

「それにしても会津さまの迅速な対応には恐れ入ります。で、畳屋さんに来たという、建部山三郎なるお方、旗本とのことですが、いったい何者なのですか」

「あはは、お仙さんは萬請負師というのをご存じねえですかい」

言ったのは仁左だった。忠吾郎は仁左に注目した。

怪訝(けげん)そうな表情になったお仙に、仁左は言った。

「つまり、揉め事を迅速に双方納得のいくように処理して、そこに動いた金子をいくらかふところに入れるって商売でさあ。ねえ、旦那」

仁左は視線をお仙から忠吾郎に向けたが、

「だったら、さっきから小鹿屋の名が出て来ませんが、そのほうは……」

問いを入れたのはお絹だった。忠吾郎と八造の女房と一緒に品川の小鹿屋まで行ったのだから、気になるようだ。

仁左は応えた。

「建部山三郎、お武家でやしょう。しかも府外の品川だ。蚊帳(かや)の外に置かれたのじゃござんせんかねえ。だから出入り禁止と、簡単に言えたものと思いやすぜ。お武家の萬請負師にとっちゃ、小鹿屋なんざまったくの小鹿で、お屋敷にしても疫病神になったようなもんでやすから、トカゲのしっぽ切りで清々(せいせい)してるんじゃねえでしょうかねえ」

解説するように言うと、ふたたび忠吾郎に視線を向け、

「その建部山三郎なる人物、どうやってこうも早く事件を知り、会津さまに喰いついたのか。そっちに興味が湧きまさあ。ねえ、旦那」

「ふむ」

忠吾郎はうなずき、

「おそらくその者、大名家や旗本家のあいだでは、役に立つ男として秘かに知られているのじゃねえかなあ。会津屋敷がすぐさまつなぎを取り、依頼を受けた藩士が、会津屋敷がおもてに出ることなく、さっさと処理したのじゃねえかな。大(てえ)した野郎だ。わしも興味が出て来た。追いかけてみるかい。どんな男か見てみてえ」

「ちょいと、ちょいと。なんですか、みょうなほうに話が行ってしまって」

お沙世が喙(くち)を容(い)れた。

だが、話はその方向に進んだ。

「畳屋さんに訊けば、どんなお人かわかるのでは」

と、お仙は武家が萬請負師なるものをやっていることに興味を持ったようだ。

忠吾郎は返した。

「いや。もう畳屋はそっとしておいてやったほうがいい。仁左どん、宇平どん、お沙世。あしたから、その萬請負師ってえおもしれえ野郎の聞き込みだ。その商売、おそらく建部山三郎だけじゃあるめえ。おトラとおクマにも声をかけておこう。将軍家を支えなきゃならねえ旗本が、お上をないがしろにする商売をやってやがる。世も末だぜ」

〝世も末〟とは、徳川の世のことか。ハッとするような言葉である。

お仙とお絹も顔を見合わせ、うなずきを交わした。

だが、相州屋の面々から萬請負師を探索する余裕など、一瞬にして吹き飛んだ。

つぎの日である。

いつものように忠吾郎がお沙世の茶店の縁台で長煙管をくゆらせ、

「きょうも収穫はないようだ。いいことだ」

と、向かいの母屋に引き揚げた直後だった。

激しい馬の蹄の音に、

「キャーッ」

お沙世の悲鳴が重なった。

高輪大木戸の方面から馬が疾駆して来て、札ノ辻のちょうどお沙世の茶店の前で幼い女の子をひとり撥ねたのだ。女の子は大八車に撥ねられた八造よりも高く撥ね上げられ、地面に叩きつけられるように落ちた。馬は引き返して来た。駆っていたのは若い武士だった。

　縁台にカシャと音がした。乗馬の若い侍が一分金を二枚投げ、

「見舞金じゃ、取っておけ。わしは将軍家旗奉行土谷家の嫡男、左一郎と申す。足らずば屋敷まで取りに来よ」

　言うなり走り去った。

「なにを傲慢な」

「降りて謝れ！」

　見ていた往来の者から、声が飛んだ。

　騒ぎを聞き飛び出て来た忠吾郎は、武士の名乗りだけを聞いた。

（なに！　土谷家の左一郎？　土谷左一郎）

　きのう、おクマとおトラが増上寺門前の町場で見たという、あの不逞な若侍の名ではないか。

「お沙世、あの者の面を見たか！」

「はい。見ました、慥と！」

　お沙世は応えるなり、撥ね飛ばされ地に叩きつけられた女の子に駈け寄った。路地からはお仙とお絹が飛び出て来て、相州屋の雨戸を一枚はがした。

二　三ツ巴(どもえ)

一

「慥(しか)と見ました」

お沙世は忠吾郎に応(こた)え、

「大丈夫！」

地面にぐしゃりと横たわっている女の子に駈け寄った。

「さ、ここへ」

お仙とお絹が戸板をその横に置いた。

お沙世は女の子を抱き上げた。

「麻衣(まい)ちゃん!?　麻衣ちゃんじゃないの！」

女の子はなんと、おなじ田町四丁目の、街道に面していないが二階建て五軒つづきの表店に住まう、団扇職人善七の娘だった。ことし八歳で、母親はハナといった。

平屋でひと間だけの、俗に裏長屋と言われている裏店とは異なり、表店は一階が仕事場や店場で、二階が家族の寝起きの場になっている。団扇職人だから、当然一階は仕事場である。屋号を竹花屋といった。もちろん、お沙世も忠吾郎も仁左もよく知っている。

ぐったりしているのは、その竹花屋の娘なのだ。

驚愕している場合ではない。

「早く！」

お絹にせっつかれ、お沙世は麻衣を戸板に乗せた。

畳屋八造のときとは違い、軽い。乗せるなり前後をお仙とお絹が持ち、お沙世がつき添い、忠吾郎が、

「さあ、道を開けてくだせい」

先導し、野次馬をかき分け、寄子宿に運びこんだ。八造を運び入れた、あの部屋だ。忠吾郎はすでに人を走らせ、医者に連絡をつけていた。お絹を治療し、八造を診た、あの金瘡医である。

知らせる者がいたか、善七とハナが駆けつけるのと医者が寄子宿への路地に駆けこむのがほとんど同時だった。

寄子宿の部屋で、

「麻衣！ まいっ」

横たわる麻衣の小さなからだに取りすがろうとする善七とハナを、お沙世、お仙、お絹がしがみつくように引きとめ、医者がゆっくりと診る環境をつくった。

医者は麻衣の手首を取り、首を横に振った。

ハナの悲鳴とも叫びともつかぬ声は、路地の外にまで聞こえた。医者の診立ては、馬に蹴り上げられ地に叩きつけられた衝撃で、

「心ノ臓が止まっておる」

大八車の轅(ながえ)をぶつけられた大人(おとな)の八造のときにくらべ、数倍する衝撃が八歳の小さな身を襲ったのだ。

麻衣はふたたび戸板に乗せられ、脇道に入った表店の竹花屋に戻った。相州屋の用意した白い布をかぶせられていた。まだ事態が呑(の)みこめないのか、それとも受け入れられないのか、善七とハナは茫然(ぼうぜん)としたまま、お沙世、お仙、お絹に肩を支えられ、白布の戸板につき従った。街道の者は静かに道を開け、合掌する者もいた。

忠吾郎の肚は、お沙世に〃あの者の面を見たか！〃と訊いたとき、すでに決まっていた。

（断じて許せぬ）

いま忠吾郎の脳裡には、萬請負師とみられる建部山三郎なる旗本のことは忘れさられ、さきほど街道で名乗りを上げた、本所の土谷左一郎なる旗本の名が新たに刻みこまれた。しかもこたびは、お沙世がその者の面を見ている。それだけではない。おクマとおトラも、きのう増上寺門前の町場で刀を振りまわしたという土谷左一郎なる旗本の顔を見ている。料亭で酔って仲居に刀を振り上げた土谷左一郎、往来の激しい街道を馬で疾駆し子供を蹄にかけた土谷左一郎……おなじ人物と見なしてよいだろう。

まだ午前である。

忠吾郎は鉄の長煙管を腰に、一人でふらりと相州屋の暖簾を出た。

向かいの茶店は、お沙世が竹花屋の手伝いに出たままだ戻っておらず、祖父母の久蔵とおウメがきりまわしていた。

久蔵とおウメはもともと金杉橋の浜久の亭主と女将で、そこを孫の久吉とその嫁のお甲に譲ってから、道楽で札ノ辻に茶店を開いた。そこを一度武家に嫁ぎ、出戻ったお沙世が手伝っていることになる。

縁台に出ていたおウメが、向かいの暖簾から出て来た忠吾郎を目にとめ、

「これは忠吾郎旦那、どこへ行きなさる。畳屋の八造さんのときといい、きょうのこといい、寄子のお人ら、よう働きなさって」

「ああ、そのことでちょいとな」

「やっぱり忠吾郎旦那、動きなさるかい」

奥にいた久蔵が布巾(ふきん)で手を拭きながら出て来た。期待を含んだ口調だった。

「ふふふ。お沙世ちゃんも黙っていまいて。なにぶん、あの不逞侍(ふていざむらい)の面をもろに見ておるでのう」

「ああ、そのようじゃった」

久蔵が返したのへ、おウメもうなずいた。

忠吾郎がなにやら動き出したときには、孫娘のお沙世も仁左たちと一緒に動き、茶店の仕事が爺(じい)ちゃん婆ちゃん任せになるのはいつものことだった。それをこたびは、久蔵もおウメもすでに承知したような口ぶりである。

「それではちょいとな」

「気張(きば)ってくだされ」

二人の年寄りは、鉄の長煙管を腰に街道に歩を踏む忠吾郎の背を、頼もしそうに見送った。期待しながらも、どこへ行ってなにをするのか、しつこく訊こうとはしない。それだけ信頼しているのだ。

忠吾郎の足は金杉橋のほうへ向かっていた。だが、浜久でも会津藩の下屋敷でもなかった。増上寺の門前町だった。おクマとおトラが見たという、土谷左一郎なる旗本についてなにか得ることはないか、聞き込みに行くのだ。門前のどの町でどのように騒いだかなら、おクマとおトラに訊けばわかる。だが、それ以上のこととなると、婆さんたちでは無理である。忠吾郎はこの二人の耳役ぶりを大事に思っているから、無理な探索を頼んだりしない。自然な商いのなかで得たうわさが、非常に有益となるのだ。こたびの件でも、日常の商いのなかで〝本所に住まう土谷左一郎〟という名を聞き、それが八歳の町娘・麻衣を馬蹄(ばてい)にかけて殺した〝将軍家旗奉行土谷家の嫡男、左一郎〟と重なり、忠吾郎の足を増上寺門前に運ばせているのだ。

増上寺の門前町は、片門前町(かたもんぜんちょう)と中門前町(なかもんぜんちょう)からなり、それぞれの町場を店頭(たながしら)の一家が仕切っている。このなかで忠吾郎が懇意にしているのは、増上寺門前の一番端(はし)っこの中門前三丁目を仕切っている弥之市(やのいち)である。

弥之市は親分というには柔和(にゅうわ)な丸顔で、野心のない男だった。だから常に緊張関係にある店頭たちのなかにあって、最も危険性のない男としてどの店頭とも良好な関係を保っている。裏を返せば、そこが弥之市が他の店頭一家に蚕食されない強みでもある。

「おおう、これは札ノ辻の。一人で来なさるとは珍しい」

と、目を細めて迎える丸顔の弥之市と、長火鉢を挟んで忠吾郎が対座すると、まるで恵比寿と達磨が向かい合ったように見える。

代貸の辛三郎が同座した。一家を支える精悍な面構えで、仁左とも気が合う。忠吾郎はさっそく用件を切り出した。

「きのうこの町のどこかで、土谷左一郎という若え旗本が刀を振りまわし、一家の若い衆が出て、町から締め出したって聞くが、どの店頭だい。まさか……」

「ほっ。さすが札ノ辻の、早耳じゃねえか。確かにきのう、そんな騒ぎがあったと聞いている。だが、うちじゃねえ」

「へえ。あれは片門前一丁目で、さすが壱右衛門親分のやりなさることで、すぐさま若い衆が出て大門のほうへ放逐しなすったそうで。その侍の名までは聞いておりやせん」

代貸の辛三郎が応え、弥之市が逆に問いを入れた。

「その不逞な侍がどうかしなすったかい。名前まで知っておいでとは」

「実はな、きょうだ。土谷左一郎なる野郎が札ノ辻で町内の八歳になる娘を馬蹄にかけ、殺しやがった」

「なんだって！」

弥之市も辛三郎も身を乗り出した。

辛三郎が、

「直接、壱右衛門親分に訊けば、なにかわかるかも知れやせん。いまからご案内いたしやしょう」

言いながら腰を上げた。

部屋はにわかに緊張した。忠吾郎がわざわざ訊きに来たということは、

――仇を取る
心中を察したのだ。

「辛三郎、俺が行くぜ」

弥之市は言い、忠吾郎と一緒に片門前一丁目に向かった。

そこは増上寺の大門に面した一等地であり、ここを仕切る壱右衛門は増上寺門前の店頭たちをまとめる、筆頭店頭といえた。忠吾郎も面識はあるが、とくに親しいと

いうほどのことでもない。だから弥之市も一緒に出向いたのだ。

さすがに貫禄のある男だった。壱右衛門も忠吾郎がこれまで幾度か、増上寺門前が絡むいざこざをうまく捌いたことを知っており、

（ただの人宿の亭主じゃねえ）

と、一目も二目も置いている。もちろん、忠吾郎の本名が榊原忠次で、北町奉行の実弟であることなど、弥之市も知らない。それを知られたなら、お上の手を嫌う寺社門前の町場は歩くこともできなくなるだろう。

壱右衛門も忠吾郎の話を聞き、

「なんと！　許せねえ」

と、いきり立ち、さっそくきのう若侍を取り囲んで大門の大通りへ放逐した若い衆五人ほどを部屋に呼んだ。代貸もいた。どの一家も弥之市一家の辛三郎とおなじで、店頭に代わって若い衆を束ねているせいか、それらしい締りのある面構えをしている。

「おめえら、相州屋の旦那にきのうの馬鹿侍の話をして差し上げろ。そやつめ、きょう札ノ辻で町の小さな娘を馬蹄に引っかけ、殺しやがったそうだ」

「えぇえ！」

「なんとも！」

代貸はもちろん壱右衛門一家の若い衆らも驚愕の態（てい）になった。これでもし、きのう来た〝土谷左一郎〟なる侍がふたたび増上寺門前に来たなら、無事に町から出られず、秘かに葬（ほうむ）って首実検に忠吾郎が呼ばれることだろう。寺社門前の町場を仕切る店頭（たながしら）とは、そのくらいのことはやってのけるやくざ集団なのだ。

代貸がきのうのようすを話した。

「それがなんともみょうなので。仲居に向かって刀を振りまわしたのは事実でやすが、斬りつけるほどのこともなく、あっしらが駈けつけると、刀は抜き身のままでやしたがみょうにおとなしく、名乗りを上げるときだけ大声で威勢がいいんでさあ」

「そう。暴れたやつらは名を伏せたがるものでやすが、きのうの侍はまったく逆で、名乗りだけはいやにはっきりしてやがって、〝本所に住まう……〟などと、住んでいる所まで言うたあ、なんとも解（げ）せねえ野郎で」

若い衆の一人が言うと、他の若い衆たちもしきりにうなずいていた。

片門前一丁目まで来て判ったことは、そこまでだった。

収穫がなかったわけではない。酔って暴れたりした者は、名も住まいも伏せたがるもので、家名を重んじる武士ならなおさらである。ところが〝土谷左一郎〟はまったく逆だった。札ノ辻では〝将軍家旗奉行土谷家の嫡男〟と、家の役職まで明かした。

（こいつは尋常ではねえな）

それを感じたのが、目に見えぬ大きな収穫だった。

二

忠吾郎が札ノ辻に帰って来たとき、お沙世とお仙とお絹たちはまだ竹花屋だった。善七とハナを落ち着かせ、通夜にそなえての手伝いをしているのだ。

街道を馬で疾駆するだけでも不届きであり、お咎めものである。畳屋八造のときと違い、手を加えなくとも街道筋にうわさは広まっていた。

「狂ってやがるぜ」

「本所に住まう旗本だっていうじゃねえか」

街道で実際に見た者は多いのだ。

――本所に住まう土谷左一郎

――将軍家旗奉行

それらの名も街道にながれていた。

旗奉行とは将軍家の軍旗、馬印を管掌する役職である。戦国の世なら命がけで勇猛果敢な武士でなければならないが、太平の世では閑職そのものであり、ともかく暇である。

「駈けるところがねえもんで、町中を駈けてやがったのかい」

とまで言う者もいた。

うわさを放置しておけば、将軍家の権威に瑕がつく。さらに広まるようなら、奉行所もお城の旗本支配の目付も放ってはおかないだろう。

街道筋でうわさを聞いたか、仁左と宇平が早めに帰って来た。

陽は西の空にまだ高い。

仁左は寄子宿の長屋に背の木箱を降ろすなり、

「旦那！　ほんとですかい、ふざけた武士が馬で街道を疾駆し、小さな子供を引っかけて死なせたってのは」

「わしは大八車が子供を轢き殺したと聞きましたじゃ」

言いながら母屋の裏庭に駈けこみ、そのうしろに宇平がつづいた。

裏庭に面した縁側に、お沙世とお仙、お絹が、縁側に出て来た忠吾郎を囲むように立ったところだった。さきほど三人は竹花屋の手伝いを終え、帰って来たばかりだ。

若い女たちが三人もそろったのだから、見た目には華やかだ。だが、話している内容は深刻そのものである。

仁左の声に、お沙世がふり返り、

「あ、仁左さん。いいところに帰って来た。宇平さんも聞いて、聞いて。もう、大変だったのよ」

からだ全体で呼びこむように言った。

お仙も、

「仁左さん、よく早めに帰って来てくださいました」

迎えるように言うと、宇平に、

「うわさ、どこでどのように聞きましたか」

逆に訊いた。

「まあ、みんな落ち着け」

縁側で中腰になった忠吾郎は言い、

「さっきのお仙さんの問いも大事だが」

と、前置きし、三人の女のなかに加わった仁左に、事故ではなく事件のあらましを話した。

「な、な、なんですと⁉　この札ノ辻で、竹花屋の麻衣が‼」

「そう、そうなの。わたしの目の前で」

仰天する仁左にお沙世は言った。宇平も馬と聞いて驚いている。

仁左と宇平は、うわさを高輪の大木戸に近い街道筋で聞いたという。道一筋の範囲でそれほど遠くもない。それに、ながれている話は小鹿屋の件と錯綜しているようだ。だが、町場の子供が一人死んだことは伝わっている。

もうすこし時を経れば、札ノ辻という場所と、街道を馬で疾駆した不届きな武士の名と家柄や屋敷なども正確に伝わることだろう。あるいは刀で斬ったなど尾ひれがつくかもしれない。

ともかくいま相州屋で語られているのは、目撃談であり、麻衣を戸板で運んだ当事者たちだから、正確そのものである。

麻衣の死体を相州屋の寄子宿から竹花屋の一階の仕事場に運びこみ、床に降ろすなり、

「――ぶっ殺してやる！」

善七は商売道具の竹を割る鉈を引っつかみ、外へ飛び出そうとしたらしい。ハナとお沙世がうしろからしがみつき、お仙とお絹が両脇から迫って、巧みに鉈を取り上げ

たという。あとはおなじ表店の住人も加わり、

「みんなでなだめましてねえ」

お絹が言った。お沙世もお仙もうなずいている。

我を忘れ鉈をつかんだ善七にしがみつくなど、女房のハナと勝ち気なお沙世にしかできないことだったろう。さらに両脇からその鉈を取り上げるなど、心得のあるお仙とお絹にしかできなかったろう。

忠吾郎と仁左は、

(さすが)

感心しながら聞き、

「で、善七どんはいま……」

「見るも憐れなほど意気消沈し……」

仁左の問いにお沙世が応えた。

忠吾郎と仁左の脳裡に不安が走った。

名のとおり、善七は正直でまっすぐな性格の職人であることを、忠吾郎も仁左も知っている。この時点では、まだ〝本所〟と〝土谷左一郎〟それに〝将軍家旗奉行〟は、善七の耳に伝わっていなかった。

今夜にも、遅くともあすには伝わるだろう。そのとき善七は、

（みずからを、抑えることができるか）

それへの懸念である。

忠吾郎はお沙世に言った。

「竹花屋はおまえの茶店のすぐ近くだ。もちろんここからも近いが、気をつけて見守ってやれ」

「旦那さま、言うことはそれだけですか」

お沙世は反発するように返した。

縁側に緊張が走った。

お沙世はつづけた。

「許せません。土谷左一郎という名も、本所に屋敷があり将軍家の御旗奉行という家柄も判っているんですよ。このまま放っておくんですか。わたし、旦那に問われるまでもなく、その者の顔を慥と見ているのです」

仁左も含め、お仙、お絹、宇平の視線が、お沙世から忠吾郎に向けられた。お仙の敵討ちを巧みに助勢したことなど、お仙もお絹も、相州屋忠吾郎にはなにやら得体の知れない力があり、仁左は死去した伊佐治とともにその右腕のような存在と認識し

ている。

その仁左も、

（旦那、いかに）

と、答えを待つように視線を忠吾郎に向けた。

忠吾郎はいくらか困惑した表情になり、

「その〝土谷左一郎〟だが、いますこし調べてみる必要があると思うてなあ」

「なにをですか」

問いを入れたのはお仙だった。

忠吾郎は応えた。

「武士がこのような場面で、そう簡単に名を名乗るものかどうか。偽名か、それとも誰かの名を騙って（かた）いるのか……」

忠吾郎はその疑念を、きょう片門前一丁目の店頭の壱右衛門と話し、感じたのである。

「そういえば、お沙世さん。その者、ほんとうに名も家柄もそう言ったのかい」

仁左もようやくそこに疑念を感じたようだ。

お沙世は返した。

「一分金を二枚、縁台に叩きつけたんですよ。足りなかったら言って来い、と。お侍の町場の者に対する傲慢のあらわれですよ。名も家柄も屋敷の場所も言ったのは、威嚇のつもりだったのでしょう」

町場の者としての、強い口調だった。

これにはお仙もお絹も、あとをつなぐことも、まして否を唱えることもできなかった。ただ、

（そのとおり）

表情にあらわれていた。

そのお絹に仁左は言った。

「お絹さん、あんた、言ってなすったよなあ、会津屋敷の件で。武家は体面を重んじるゆえ、うわさでも痛手になる、と」

「はい。そのとおりです。だから会津さまはすぐに動き、小鹿屋を御用達から切り捨てたじゃありませぬか」

「だったら、一分金を叩きつけたってのは傲慢そのものでやすが、そのまま走り去らず、名も家も明かすなんざ、おかしいと思いやせんかい」

「あ、そういえば」

お絹は気づいたようだ。お仙も言った。

「隠すはず」

「そ、そうねえ」

お沙世は返した。

宇平もうなずいている。

忠吾郎は言った。

「このままにしておくつもりはねえ。畳屋の八造も、竹花屋の麻衣ちゃんも、わしの商舗(みせ)の前で難に遭った。こんなことを言やあ大げさかも知れねえが、天の声かも知れねえ。動けってな。だからだ、慎重に、失策(しくじり)のねえように。会津さまにつづいて、こんどは将軍家の御旗奉行ときた。おもしれえ」

「旦那、考えてくださるんですね、麻衣ちゃんの仇討(あだう)ち」

お沙世は言うと、視線をお仙とお絹に向けた。

お仙は言った。

「許せませぬ、断じて」

「その者、御旗奉行かなんだか知りませぬが、武家の風上にも置けぬ人物とお見受けいたします」

お絹がつないだ。こたびの土谷左一郎を、以前の主家・黒永豪四郎に重ね合わせたのかもしれない。その黒永豪四郎を、評定所が切腹させるまえに、忠吾郎の差配でお仙に討たせたのである。

（こたびも）

瞬時、お仙とお絹、それに宇平の脳裡をながれたことであろう。

仁左が言った。

「あはは、おめえさんがた。策は忠吾郎旦那にお任せし、このさき、仇討ちなど口に出さねえことだぜ、お沙世さんも。これからも街道で、旗本が町場の女童（めわらべ）を馬で蹴り殺したってえうわさは飛び交いまさあ。そこに相州屋が仇討ちをしようとしているなどとながれてみなせえ。どんな横槍が入（へえ）るか知れたもんじゃありやせんや。土谷家の侍どもが、ここへ襲って来るかも知れやせんぜ」

「そのとおりです」

言ったのはお仙だった。武家の身勝手さと狡賢（ずるがしこ）さを、よく知っているのだ。

仇討ちの決行と慎重さへの思いは、この場の顔ぶれすべてが共有するところとなった。考えてみれば、土谷家の屋敷は本所のどこなのか、屋敷の警備はいかようか、左一郎は頻繁に外出しているのかなど、綿密に調べなければならないことが多すぎる。

事件はきょう起きたばかりで、お沙世もお仙、お絹も、その気になっても冷静に策を考えるまで落ち着いていなかったのだろう。

縁側談義が一段落ついたところで、

「旦那さま、店場にお客さんが。染谷さんです」

正之助が奥から縁側へ忠吾郎を呼びに来た。

「ほう、染谷が来たか。仁左どん、同座せんか。やつもうわさを聞き、呉服橋の旦那に言われて来たのかも知れねえ」

忠吾郎は言いながら中腰から身を起こした。

忠吾郎は、こたびは忠之から会いたいと言って来ると予測していたのだ。このまえはお城の目付から頼まれた、旗本の町場での不祥事をおもてにせず処理する相談だった。

畳屋八造の場合は、相手が大名家だったから、武家は体面を大事にするとのお絹の助言もあり、うわさをながす策で、畳屋夫婦が得心するかたちでの幕引きに持ちこんだ。

だがこたびは、人ひとり殺されているのだ。見た者も多く、うわさも徐々に広がろうとしている。小判が幾十枚動こうが、お白洲も開かず科人（とがにん）が裁きも受けないではすまされない。

（奉行所が街道のうわさをつかめば、かならずなんらかの相談を持ちかけて来るはず）

忠吾郎は感じ取っていたのだ。だが、肯くかどうかは別問題である。忠吾郎は奉行所に合力するよりも、すでにここでお沙世たちに仇討ちの意思表示をしたのだ。これはもう動かせない。どのようなかたちの仇討ちになろうと、

（仁左もかならず合力するはず）

確信している。

お仙とお絹は、忠吾郎の意志を確認し、満足そうに寄子宿の長屋に戻った。宇平が商う古着に付加価値をつけるため、繕いの仕事がある。

お沙世が言った。

「あのう、わたしも、よございますか」

「うむ」

忠吾郎はうなずいた。自分も同座してよいかと訊ねたのだ。お沙世は、遊び人姿の染谷結之助の素性を知っている。蚊帳の外に置くわけにはいかない。

「それじゃお言葉に甘えまして」

と、踏み石の上に下駄を脱ぎ、軽やかに縁側へ上がった。

お仙とお絹と宇平は、染谷の素性を知らない。仇討ちに関わる、それも奉行所の絡む深刻な話になるかもしれないことなど想像もせず、明るいうちにすこしでも宇平の手伝いをと長屋へ引き揚げる二人にお沙世は、

(うふふ。忠吾郎旦那への合力や仁左さんとの世直しは、わたしのほうが古株)

ちょっぴり優越感を感じたようだ。それが軽やかに縁側に上がったようすからも窺える。

三

居間に四人がそろった。

「おや、仁左どんだけじゃなく、お沙世さんも一緒でござんすね」

と、遊び人姿の染谷結之助は、望むところといった表情だった。

「うふふ。さすがは北町奉行所の隠密廻り同心、お耳が早いですねえ。けさがたの事件、もうお聞きになっておいでなんでしょう?」

と、お沙世は機嫌よさそうに言うなり真剣な表情に戻り、

「許せません、あの男」

断言する口調になった。

「そう、それなんでさあ」

染谷はお沙世に応えるかたちで言い、忠吾郎と仁左に視線を向け、

「子供が一人、武士が駆る馬に蹴り殺されたとか。それもこの札ノ辻で」

さすが奉行所で、かなり詳しくうわさを掌握している。

さらに言った。

「呉服橋の大旦那が言うには、もしそれが事実なら捨ておけぬ、と。それで札ノ辻の旦那に詳しいところを訊いて来い、と。もちろん、そば屋の玄八にも調べさせやした」

そば屋の玄八とは、老け役がうまくいつも屋台のそば屋を拵えている、染谷の岡っ引である。もちろん〝呉服橋の大旦那〟は奉行の榊原忠之で、〝札ノ辻の旦那〟は弟の忠次こと忠吾郎である。この〝大旦那〟と〝旦那〟は、死んだ小猿の伊佐治が忠吾郎の背景を知って仰天し、使い分けに言い出した呼び方である。それが便利さもあって、染谷結之助、玄八、さらに仁左、お沙世のあいだで定着している。

玄八が札ノ辻に探りを入れていたのは、忠吾郎も仁左もお沙世も気がつかなかっ

た。おそらく屋台は担がず、通りすがりの爺さんになりきっていたのだろう。さすが隠密廻り同心の岡っ引である。

遊び人姿の染谷はつづけた。染谷もさすが隠密廻りで、言葉遣いが現在扮している形にふさわしい口調になる。

「大旦那に、どうやら町場にながれているうわさのとおりと報告しやすと、さきごろ大旦那が金杉橋で頼みやしたこと、吹き飛んでしまうかもしれねえ、と。それで旦那の存念を確かめて来い、と。まあ、用件はそれだけでござんす」

「えっ、旦那さま。浜久で大旦那になにか頼まれたのですか」

この顔ぶれで〝金杉橋〟といえば、お沙世の実家の浜久を指す。

すかさずお沙世が問いを入れた。

忠吾郎は応えた。

「つまりだ、昨今、行き場のない旗本の次男坊、三男坊が町場に出てよからぬことに手を染めておる。なにぶんそやつらも武士であるゆえ、うまくおもてにならぬよう処理したいが、そこに合力せよとな。さような申し入れが、お城のお目付から奉行所にあったそうな」

「それで旦那、お受けなさったのですか。まさか、麻衣ちゃんをまるで道端の虫けらのように殺した侍、次男や三男じゃありません！　一分金二枚を叩きつけ、将軍家旗奉行土谷家の嫡男、左一郎と、はっきり名乗ったのですよ！　それをおもてにならぬよう不問にせよと！」

　お沙世は興奮気味になった。

「そこさ、詳しく聞きてえのは」

　染谷は上体を前にせり出した。

「旦那」

「話してやれ」

　うかがいを立てるお沙世に、忠吾郎はうながした。

「染谷さん、聞いてください。もう、わたしの目の前だったのです」

　お沙世は話しはじめた。きょう朝方のことであり、話は生々しい。

　聞き終えた染谷は、

「ふむ。やはり玄八の聞き込んだとおりだ。間違（まちげ）えねえ」

「それをおめえさんは、呉服橋の大旦那に話したのだな」

「へえ、さようで」

　染谷は忠吾郎に質（ただ）され、応えた。

忠吾郎は染谷への問いをつづけた。

「で、呉服橋はわしの存念を聞いて来い、と。そのめえに、大旦那は首をかしげなかったかい」

「かしげなさいやした。あっしもいまお沙世さんの話を聞くまでは、うわさに尾ひれがついたものと思っておりやしたが、いまそれを払拭しやした。あっしも首をかしげまさあ」

「ほう、どのように」

「町場の街道に馬を駆るだけでも慮外者と言わねばならねえところ、さらに人まで蹴り殺した者が、逃げずに名乗りを上げ、金子を叩きつけるなど目立つことをしやしょうか。そこには、なんらかの作為があるんじゃねえか、と」

「そこよ」

忠吾郎がうなずいた。

「え、どこ？　作為って？」

お沙世は理解できぬ顔つきで問いを入れ、仁左は最初から黙ってただ聞き役にまわっている。

お沙世の問いにおかまいなく忠吾郎は言った。

「つまり呉服橋の権限じゃ、武家屋敷の中に探りは入れられねえ。それをわしらにやれ、と?」

「へえ、さようで」

「その結果がどうあろうと、始末はわしの好きなようにさせてもらうぜ」

「でやすから、それを聞いて来い、と。さっきも言いやしたとおり、大旦那はこの一件、金杉橋で旦那にお頼みしやしたこと、女童(めわらべ)の死で吹き飛んだものと見なしておいでできあ。つまり、お目付の要請は肯(き)けず、お白洲を開きてえ、と」

「それでこそ呉服橋だ。だがな、始末はさっき言ったとおりだぜ」

「わかっておりやす。やはり旦那、やりなさるおつもりでござんすね。女童の仇討ちを。それが旦那の存念でござんしょうかい」

探るような染谷の目に忠吾郎は、無言のうなずきを返した。

三者の思惑の違いが、明確になった。奉行所は札ノ辻での武士の狼藉(ろうぜき)をおもてにし、お白洲で裁こうとしている。相州屋は麻衣の仇討ちをしようとしている。目付は場所や内容がどうであれ武士である以上、その者を町方ではなく人知れず城内の評定所(ひょうじょうしょ)で裁こうとしているのだ。

染谷は言った。

「旦那、なんなら玄八を使ってやってくだせえ。お役に立ちやすぜ」

「うむ」

忠吾郎はうなずいた。玄八が腕利きの岡っ引であることは、忠吾郎も仁左もよく知っている。実際、役に立つだろう。

これまで聞き役に徹していた仁左が口を開いた。

「あっしの客筋にゃ武家屋敷もけっこうありまさあ。あしたはそのあたりをまわり、本所の土谷家に詳しいのがいねえか、探りを入れてみまさあ。お沙世さんのおかげで、将軍家の旗奉行とまでわかっているのだから、さほど難しいことじゃねえかもしれやせん」

「おう」

「お願いしまさあ」

忠吾郎と染谷はうなずいた。二人ともあした仁左がどこへ〝探り〟に行くか、見当はついていた。だが二人ともそれを口には出さない。

さきほどからお沙世ひとりが首をかしげっぱなしである。

「それじゃあっしはこれで。旦那のご存念、大旦那に伝えておきまさあ」

染谷が腰を上げながら言い、さらに仁左に視線を向け、

「土谷家のようす、わかったらあっしにも教えてくだせえ」

と、頼んで相州屋の店場から街道に出たとき、すでに外は提灯が必要なほど暗くなっていた。

部屋には行灯(あんどん)の灯(あか)りが入っている。

染谷を見送り、三人となった部屋で仁左はぽつりと言った。

「おそらく染谷どん、きょう中に旦那の存念を、呉服橋に話しやしょう」

「旦那の存念は、わたしたちの存念でもあります。お仙さんもお絹さんも、それに宇平さんも、みんなの」

お沙世が言ったのへ、

「うむ」

忠吾郎は肯是(こうぜ)のうなずきを返し、言った。

「きょうはもう遅い。あしたの朝、わしからお仙さんたちに話そう。お仙さんにお絹さん、それに宇平どんたちに打ってつけの仕事があるでなあ。仁左どんも、土谷家に詳しいという武家屋敷のお客への聞き込み、よろしく頼むぞ」

「へえ」

仁左は返した。

このあと染谷は、北町奉行所の奥の部屋で、行灯に照らされながら、奉行の榊原忠之と対座していた。染谷の報告に忠之は言った。

「そうか、やはりなあ。あやつらしいわい。存念が麻衣とやらの仇討ち(あだうち)とは。こりゃあお城のお目付と三ツ巴(みつどもえ)になるなあ。困ったぞ」

「私も相州屋で話しながら、それを感じましてございます」

染谷はまだ遊び人姿だが、奉行の前ではさすがに鄭重なもの言いになる。

「で、仁左も同座したと言うが、反応はいかがじゃった」

「はっ。仁左どのは終始聞き役にまわり、ただ最後に、明日、本所の土谷家に詳しい武家屋敷に行って、ようすをうかがうと。その武家屋敷とはおそらく……」

「言うな」

「はっ」

「それを明らかにするのは、忠次に任せておる」

「御意(ぎょい)」

染谷は平伏した。

四

翌朝、日の出とともに相州屋の裏庭の井戸端は寄子や母屋の女中や小僧たちでにぎわい、それも一段落ついてからだった。

裏庭に面した居間に、仁左とお仙、お絹、それに宇平の顔がそろった。忠吾郎に呼ばれたのだ。お仙とお絹はまだ髷もととのえておらず、垂らし髪のままだった。通い番頭である正之助はまだ出て来ていない。

「朝も早うから集まってもらったのはほかでもない。きのうのつづきでなあ」

「麻衣ちゃんの仇討ちの件ですね」

すかさず言ったのはお仙だった。一番若く、忠吾郎や仁左らの合力があったからとはいえ、みずからも敵討ちを果たしている。こたびの件でも、最も血気盛んであった。

「そのとおり」

忠吾郎は応え、

「仇を討つには、そなたらはすでに経験しているとおり、万全の用意が必要だ」

「そこでだ、そなたらに本所の土谷邸に、腰元と中間として入ってもらおうと思うのだが、いかがか」

「もちろん」

と、お絹。

「ええ。旦那、そこまでお考えでやしたか」

驚きの声を上げたのは仁左だった。昨夜、忠吾郎はそこまで具体的な話はしていなかった。

「なるほど、ここは人宿でございましたなあ。それで、土谷邸は本所のいずれか、すでにわかっているのでしょうか」

問いはお絹だった。

忠吾郎はつづけた。

「それをきょう、仁左どんが調べて来てくれることになっておる」

と、仁左に視線を向け、

「きょう行く武家屋敷で、本所の土谷邸を聞き込むとき、そのつもりでやってもらいてえ。むろん、仇討ちのことは伏せておいてだ」

「わかりやした。心得ておきやす」

仁左は返し、忠吾郎はさらに言った。

「それで土谷邸のことがある程度わかれば、さっそく正之助に御用聞きに行ってもらう。もっともこの口入れ、うまく行くかどうかはわからんが、ともかくそなたらの心積もりを聞いておこうと思うてな」

「もちろん、参りまする」

お仙が応じ、お絹もうなずき、

「参りますじゃ」

宇平も言った。

「さあ、そうと決まれば、きょうは麻衣の野辺送りだ。手の空いている者は手伝いに行ってやれ。宇平どんもきょうは……」

と、朝の談合はここまでだった。忠吾郎は、きょう仁左がいつものように宇平と一緒に商いに出るのではなく、わざわざ宇平に竹花屋への手伝いをすすめ、一人で出られる環境をととのえたのだった。

陽がいくらか昇ってから、いつものように寄子宿の路地から羅宇竹の音が聞こえて来た。古着の竹馬がつづいていない。さきほどお仙、お絹と一緒に竹花屋へ手伝いに行ったのだ。

羅宇竹の音に、おクマとおトラがつづいている。さきほどお仙たちが母屋の居間での談合から寄子宿の長屋に帰って来たとき、

「――あれえ、あんたたち、いよいよどこか奉公先が決まりそうかね」

「――あんたたちのことだから、お武家のお屋敷のお女中か中間さんなんだろうねえ」

訊いたのへお絹が、

「――まだどこそことといった話じゃないけど、忠吾郎旦那がどこか口入れ先を当たってくださるそうなのです。きょうはわたしたち、竹花屋さんのお手伝いで」

「――それはよかった。あたしらも手伝いたいけど、若いあんたたちが行ってくれるんじゃ安心だわさ」

と、長屋で話していた。

道具箱を背負った仁左が街道に出た。股引(ももひき)に袷(あわせ)の着物を尻端折に、頭には手拭(てぬぐい)を吉原(よしわら)かぶりに載せている。きのうのことはなかったように、往来人に荷馬、大八車などが出て、街道の一日はとっくに始まっている。乱暴な走り方をする大八車はいない。品川の小鹿屋は会津屋敷への出入りを差し止められ、あれ以来札ノ辻は走ってい

ないようだ。

　茶店の縁台に荷馬の手綱を握った馬子が小休止をとっていたが、お沙世がいない。早くから竹花屋へ手伝いに行ったのだ。代わりに祖母のおウメが盆を小脇に出ていた。

「やあ、おウメさん。きのうきょうと大変だねえ。お沙世さんを竹花屋にとられてしまって」

「そうですよ。ほんと、もう気の毒で可哀相で」

　おウメは自分の忙しさよりも、言うだけで涙ぐんでいた。

　仁左はあらためて胸中につぶやき、歩を金杉橋の方向にとった。

（許せねえぜ）

　太めのおクマと細身のおトラも路地から出て来た。

　二人は盆を小脇にしたおウメに、

「あたしら、きょうは三田の寺町をまわることにしてね」

「そう、すこしでも供養になればと思ってさあ。お寺をまわって」

　言っているのを仁左は背に聞いた。

　三田の寺町は札ノ辻から近く、お寺がならんでいて蠟燭の流れ買いにはけっこう効率のいい商いができる。付木も顔を出せばかならず買ってくれる。おクマとおトラは、お仙たちが竹花屋の手伝いに行くと聞いて、きょうの商いの場を決めたようだ。

三田の寺町は、いま仁左が歩を進めたのと逆方向である。きょう仁左は、まったくの一人となる。


陽はかなり高くなったが、午にはまだ間のある時分だった。

仁左は昨夜の談合で、忠吾郎に〝武家屋敷に行く〟と言ったが、確かにそれらしいところに行っていた。白壁はむろん、石垣もあれば城門もある。しかも仁左の姿は股引に着物の尻端折ではなく、羽織袴に二本差ではないか。豪壮な正面玄関に向かっている。

そこは忠吾郎も染谷結之助も榊原忠之も予測した、江戸城本丸御殿の表玄関である。二本差の武士姿が似合っている。

以前、北町奉行の榊原忠之が出仕したおり、たまたまおなじ場所で二本差の仁左のうしろ姿を見かけた。忠之は忠次こと忠吾郎に質した。そのときに忠吾郎は言ったのだった。

「――当人がみずから語る日を待つ」

と。

その武士姿の仁左がきょうまた、江戸城本丸御殿の表玄関前を歩いている。相州屋を出たときの衣装を着替え、なぜそこにいるのか。


旗本支配は若年寄(わかどしより)の役務だが、実際に不正の探索などに動くのは若年寄配下の目付たちである。その目付たちは、手足となる徒目付(かちめつけ)を幾人か抱(かか)えている。その徒目付のなかには、常時町場に住まいし、旗本の町場での行状に目を光らせている者もいる。

本丸御殿の表玄関に向かって右手に目付部屋と徒目付の詰所(つめしょ)があり、そこには専用の出入り口があって、徒目付の下級武士が表玄関を出入りすることはない。以前忠之が見かけたのは、その詰所の出入り口に向かっている仁左のうしろ姿だった。

仁左はその専用の出入り口に消え、徒目付の詰所から目付部屋に入り、端座した。向かい合って座しているのは、目付の青山欽之庄(あおやまきんのしょう)である。

忠之はこの旗本を知っており、忠次こと忠吾郎に〝相当なやり手で評判もいい御仁じゃ〟と、話したことがある。実際青山欽之庄は、若年寄の内藤紀伊守信敦(ないとうきいのかみのぶあつ)から信頼されている。若年寄は町奉行をも差配しており、その関係から榊原忠之は城中でときおり青山欽之庄と会うことがあるのだ。

もちろん、町奉行が旗本支配の目付に隠密廻り同心の動きを話すことはなく、目付が徒目付の動きを話すこともない。お互いに極秘事項なのだ。

目付部屋である。対座している二人のほかに、人影はない。

青山欽之庄は言った。

「大東仁左衛門、おぬしはまっことよく町場に溶けこんでおるのう。して、不意に出仕したはなに用じゃ」

「はっ。至急、お知らせし、訊きたき儀がございまして」

仁左は返した。はたして仁左の本名は大東仁左衛門で、町場に放たれた徒目付の一人であった。

大東仁左衛門こと仁左は、会津藩下屋敷と小鹿屋の一件、それに旗奉行土谷家の嫡男〝左一郎〟の件を詳しく語った。

両件とも青山欽之庄は初耳だった。無理もない。暴走大八車は大名家出入りの荷運び屋で、目付の係り合う事例ではない。大名家支配は大目付の役務である。

「ほう、大名家相手に、うまく解決に持ちこんだのう。被害を受けた町人が納得しているのならそれでよかろう。さすがはおまえと、おまえが身を寄せている人宿の相州屋だ。機会があれば大目付どのにそれとなく、町場のこぼれ話として話しておこう」

青山欽之庄は言った。軽くいなしたのではない。その逆だった。話のなかに萬請負師として建部山三郎なる名が出て来たとき、青山はハッとしたものだった。青山は他の徒目付から、建部山三郎なる旗本が町場で萬請負師をやっていると報告を受けており、かねて要注意人物として目をつけていたのだ。

「――金銭による猟官運動が目に余る人物」

と、口頭による報告のなかにあった。

そこに不正がないかを洗い出すのが、目付の役務である。町場での出来事とはいえ、大名家にまで喰いこんでいたとあっては、探索はいささか面倒である。

「その者は、かねてより目をつけておった」

と、青山欽之庄は言い、これまでに知り得た建部山三郎の背景を大東仁左衛門こと仁左に話した。もちろん仁左も、建部山三郎の名は胸に刻みこんでいる。青山の話では、その者は旗本に違いないが禄だけ食んで役職のない、周囲から穀潰しのように見られている、百石取りの小普請組であった。

もう一つ、〝土谷左一郎〟の件である。これも旗本の所業だが、青山は初耳であった。しかも北町奉行所が、独自に〝土谷左一郎〟を奉行所の白洲に引き出そうとしているのだ。その準備がととのうまで、目付に知らせるはずがない。

それを仁左こと大東仁左衛門は、青山欽之庄に報告したのである。それが町場に放たれた徒目付の役務といえばそれまでだが、仁左の動きはその役務を超越していた。

というのは、上司である目付に報告することによって、土谷家の外には知られていない屋敷内の動きを探り、自分も染谷も、また忠吾郎も忠之も感じている疑問を解き、そのうえで相州屋忠吾郎に合力し麻衣の仇を討つところに、仁左の目的はあったのだ。それはまた、お沙世をはじめお仙やお絹、宇平、さらに竹花屋の善七とハナの願いでもあるのだ。

青山欽之庄は仰天した。子供も大人も変わりはない。旗本が町場で町人を一人馬蹄にかけて殺したのだ。しかも事故では済まされないこの一件は、町方の管掌でもあれば、目付が管掌することでもあり、その境界はあいまいである。

忠吾郎とともに歩を進め、染谷ともつなぎを取りながら、上司の目付にも報告する。まさしく仁左こと大東仁左衛門は、榊原忠之が染谷結之助に言った〝三ツ巴〟の中心に足を置いていることになる。

もちろん大東仁左衛門の仁左は、北町奉行の榊原忠之と相州屋忠吾郎が実の兄弟であることは、青山欽之庄に話していない。

（話さぬ）

仁左は決めている。知っているのは仁左とお沙世、染谷結之助と岡っ引の玄八のみである。浜久の久蔵とお甲、それに相州屋番頭の正之助も知っていようか。知っていても、それがどうのということはない。いずれも他人に話すことではないと心得ている。この範囲から洩れることはない。

青山欽之庄は旗奉行の土谷左主水をよく知っていた。

「旗奉行の役務を名誉に思っている、六百石取りの温厚な人物でなあ。嫡子の左一郎どのが来年には三十路になるゆえ、ちかぢか隠居を願い出て家督と役務を左一郎どのに譲ろうとしておいでだと聞いておる」

青山は土谷家の話をはじめた。

仁左は胸中に、また首をかしげた。左一郎の顔を見たお沙世からは〝若侍〟と聞いている。来年三十路では、若侍とは言えない。

青山はつづけた。

「左一郎どのをわしは知らんが、左主水どのによう似ておとなしい人物じゃと聞いておる」

「えぇえ！」

仁左は声を上げた。その人物像は、札ノ辻での所業には結びつかない。

青山は大東仁左衛門の驚きを読み取ったか、

「わしもおまえの話を聞いて仰天したが、ちとおかしくはないか。人の往来する街道に馬を駆り、人まで殺して金子を投げつけ、しかも名乗りを上げるなど、とても尋常とは思えぬ」

「御意(ぎょい)」

やはり、目付の青山欽之庄もおなじ疑問を持った。

「調べよ。方途は任せる。おまえは町場に、多くのお仲間をこしらえておるゆえのう。頼りにしておるぞ。建部山三郎の件は捨て置いてよいぞ。他の者に追跡探査させよう」

「ははーっ」

仁左の大東仁左衛門は両の拳(こぶし)を畳についた。もちろん、本所の土谷邸の場所は聞いた。

青山欽之庄も土谷家については、いま話したこと以外は知らないようだ。それだけ大東仁左衛門に期待していることになる。

五

陽はとっくに西の空に入っている。

大東仁左衛門は羅宇屋の仁左に戻っている。街道にカシャカシャと音を立て、札ノ辻はもう目の前である。

お沙世とお仙、お絹、それに宇平はまだ竹花屋の手伝いから戻っていない。

いつもの裏庭に面した居間である。遊び人姿の染谷結之助が、岡っ引の玄八をともなって部屋に上がり、忠吾郎と一緒に仁左の帰りを待っていた。裏庭にそば屋の屋台が置いてある。

「――へえ、呉服橋の大旦那から、相州屋に張りつき、できる限り合力せよと言われておりやすので」

と、染谷は忠吾郎に話していた。

忠吾郎は言ったものだった。

「――お互いに合力してもよう、わしの存念は譲れねえぜ」

「――もちろん、それは大旦那に話しやした。大旦那は、心得た、と。したが、それはそのときになって考えよう、と」

あいまいな言い方だ。〃そのときになって〃の〃そのとき〃とはどのときか、言った忠之にもわからない。忠之と忠吾郎が兄弟だからこそ、あいまいにしておけるのだった。そこは染谷も玄八も心得ていた。

忠吾郎は苦笑しながら言った。

「——まあ、仁左の話を一緒に聞いてから、事を進めようじゃねえか」

「——恐れ入りやす」

染谷は返し、玄八もぴょこりと年寄りに扮えた頭を下げた。

ともかく合力できるところは合力し、そのあとのことはお互い、成り行きに任せようというのである。

裏庭のほうからカシャカシャと音が聞こえて来た。

「おっ。仁左どん、帰って来なすったようだ」

老けづくりの玄八が勢いよく腰を上げ、明かり取りの障子を開けた。

「なんでえ、玄八どんじゃねえか。ということは、染どんも一緒だな」

「まあな」

仁左は言いながら背の道具箱を縁側に降ろし、遠慮気味に応えた玄八に、

「そういうことだ。まあ、きょうの聞き込みの成果を聞こうか」

忠吾郎の声が居間から飛んで来た。

仁左は内心、

（そういうことかい）

思いながら縁側に腰を下ろし、頭に載せていた手拭で足を払い、居間に上がった。

〝そういうこと〟が具体的にどういうことか、思った仁左にもわからない。ともかく
〝成り行きに任せる〟雰囲気である。いずれもが町人姿であぐら居になり、座に堅苦しさはまったくない。

「へえ、あっしの常連客の武家屋敷に行ってめえりやした。運よくそこの旦那が、店開きをした裏庭の縁側に出て来なすって、いろいろ聞くことができやした」

「ほう、ほうほう」

「なるほど」

と、語りはじめた仁左に、一同は得心したようにうなずき、耳をかたむけた。

土谷家の当主も嫡男も、温厚な人物だという話には、

「うーむ」

「さようですかい」

と、忠吾郎は腕を組み、染谷は首をかしげ、玄八が、

「土谷家にゃあ、嫡男の左一郎のほかに、せがれはいなさらねえので？」

「そう、それさ。あっしも帰りの道々、そこを考えやしたぜ」

仁左は返し、

「そこの旦那は、知らないことを知ったように言うお人じゃなく、知っていて隠したりすることもねえお人でやして。まあ、詳しいことは知っておいでじゃねえようで」

そこを調べろ、と大東仁左衛門の仁左は、青山欽之庄に命じられたのだ。

忠吾郎が言った。

「そうか。よし、決めたぞ。きょう、これからすぐだ。土谷邸に腰元か中間を世話させてもらおう。本所のどのあたりだ」

「へい、それは聞きやした」

仁左はひと呼吸おき、

「松坂町（まつざかちょう）で」

「えええ！　あの本所松坂町？」

玄八が頓狂（とんきょう）な声を上げ、忠吾郎と染谷は顔を見合わせた。

もう百年以上も前のことになるのに、江戸でその名を知らぬ者はいない。

大石内蔵助以下四十七人の赤穂浪士が討入った吉良上野介の屋敷があったところである。

その後、屋敷は幕府が没収し、屋敷の替地希望の者を募ったが、誰もがそこを不浄の地として嫌い、仕方なく町人に町場として払い下げた地である。おそらく格安で払い下げたのだろう。徐々に民家が建ちはじめ、いまでは町場が形成されているが、

「聞いたことがありやすぜ。そこの住人、肩身の狭い思いをしてるって」

玄八が言い、忠吾郎らは苦笑した。

討入り当時、高禄旗本の土屋家と親藩の越前福井藩松平家三十二万石の江戸家老の屋敷が、吉良邸に隣接していたが、両家は百年後のいまもそのままである。高禄旗本と親藩の家老の屋敷の近くとあって、

「不浄の地なんかじゃねえぜって、住人さんらは言ってるらしいがね」

玄八はつづけた。それを住人が言うとは、百年前のことがいまだに尾を引いているということになる。

その元吉良邸の土地や土屋邸、福井藩家老屋敷などが松坂町一丁目であり、旗奉行の土谷家六百石の屋敷は松坂町二丁目で、ここも武家地と町場が隣接している。

仁左の口から最初に〝松坂町〟の名が出たとき、忠吾郎と染谷が顔を見合わせたの

は、打込むか、出て来たのを待ち伏せるか、策はまだ決まっていないが、麻衣の仇を討つのが暗黙の了解となっていたからである。

仁左が土屋家ならず土谷家に探りを入れようとするのも、目付の下知(げじ)を遂行するよりも、許せぬ旗本に天誅(てんちゅう)を加え、麻衣の仇を討つためである。

忠吾郎はその場に正之助を呼んだ。

「すまんが、いますぐにだ。行ってくれ」

人宿として、本所松坂町二丁目の土谷邸への御用聞きである。

「二丁目の土屋邸と間違わぬようにな」

「それはもう」

腰を上げ、居間を出ようとする正之助に忠吾郎は言い、正之助は返した。見送る染谷らは土屋と土谷がまぎらわしく、頬をゆるめたものだった。

ふたたび居間は忠吾郎、仁左、染谷、玄八の四人となった。向後の策と分担が話し合われた。本所松坂町は大川(おおかわ)(隅田川(すみだがわ))の向こうである。そこへ仕掛けるのに、本陣が田町の札ノ辻では遠すぎる。近くに出城(でじろ)を設(もう)ける必要がある。

こうしたとき、奉行所の同心が加わっているのはありがたい。町場の自身番を自在に使える。江戸の町々の自身番は町衆によって運営されているが、支配は奉行所である。さっそく染谷と玄八は、その手配に出かけた。染谷は遊び人姿であっても、ふところには同心の身分を示す朱房の十手が入っている。

正之助が本所から戻って来たのは、陽はすでに落ち、あたりが暗くなりかけた時分だった。お仙たちも竹花屋の手伝いから寄子宿の長屋に帰って来ている。仁左も長屋の自分の部屋に戻っていた。

薄暗くなった店場まで出迎えた忠吾郎に、

「旦那さま、驚きでございましたよ」

正之助は開口一番に言った。かなり興奮気味に、大急ぎで帰って来たのか息せき切っていた。

いかに口入れ稼業の人宿といえど、初めての屋敷に顔を出し、その日のうちに、うまく口入れの話がまとまったためしなどない。日ごろから顔見知りになり、双方に信頼関係があってこそ人の口入れはできるのである。

ところが本所松坂町二丁目の土谷邸は、まったくの飛びこみであったにもかかわらず、用人と女中頭が出て来て、

「さっそくあした、目見得をしたい、と。それも腰元一人と中間を一人ですよ、旦那

さま」

「えっ、ほんとうか！」

と、これには忠吾郎も驚いた。正直なところ忠吾郎はきょう目見得が決まるとは思っていなかった。正之助がまず顔つなぎをし、あしたみずから出向き、さらに数日かけて腰元を一人送りこめれば上出来と思っていたのだ。

ところがいきなりあした目見得である。

正之助はようやく息遣いが正常に戻り、言った。

「あのお屋敷、六百石で大層な構えでございましたが、なにかあるんじゃないでしょうか。そのほうが心配になります」

「案ずるな。仔細あってのことだ」

忠吾郎は返したが、屋敷内にどんな仔細があるかわからない。それを探るための口入れなのだ。

さっそく、お仙、お絹、宇平、お沙世、それに仁左が、裏庭に面した居間に呼ばれた。もちろん、きょうの立役者は正之助である。

行灯に照らされた居間に、

「おーっ」

「それはっ」

と、低く抑えた歓声が上がった。正之助ひとりが心配顔である。

中間は宇平で決まりである。だが腰元は一人、お仙とお絹はもとより、お沙世までが、

「わたし、左一郎の顔を知っています。だからわたしが」

と言う始末だった。

「だからだ、お沙世は中へ入ってはならねえ。この役目は……」

と、忠吾郎はお絹に割り振った。お仙を入れたのでは、屋敷内で宇平と出会ったときの宇平の所作が怪しまれないか気になるし、それよりも左一郎の前に出たとき、お仙が懐剣を抜いて飛びかからないまでも、冷静でいられるかどうかに難がある。

お仙もお沙世も不満顔だったが、忠吾郎の立てた策である。出番はかならずまわって来よう。

六

翌朝、日の出間もなくのころ、忠吾郎たちに見送られ、お絹と宇平は正之助に連れ

られ相州屋を出た。羅宇屋の道具箱を背負った仁左も一緒だった。

お沙世の茶店はすでに縁台を出している。盆を小脇に見送っている。きょうは竹花屋の手伝いはないようだ。ときどきのぞいてはみようと思っている。

カシャカシャの音が遠ざかり、相州屋の暖簾の前に立っていた忠吾郎が、いつものように茶店の縁台に腰を下ろした。

お仙は、

「わたくし、やはり善七さんが心配だから、きょうも手伝いに行って来ます」

と、さきほど出向いたばかりである。打ちひしがれている善七とハナを慰めに行くのではない。また善七が鉈を手に飛び出さないか、見張るためである。

縁台ではお沙世がすぐに茶を出し、札ノ辻はいつもの光景に戻っている。しかしそこに交わされている会話はいつもと異なる。

「うまく行くといいんですが」

「大丈夫だ。土谷邸の用人や女中頭に、見る目があればな。本物で熟達の腰元と中間だ。さっそくあしたからでも奉公になれば、お沙世の出番はすぐ来るぞ」

「はい。そう願っております」

話しているところへ、路地からおクマとおトラが出て来た。茶店の前に立ち止ま

り、

「お絹さんと宇平さん、奉公先、決まればいいんだけどねえ」

「旦那も大したもんさね。川向こうにまで知ったお屋敷があるなんて」

あらためて感心するように言うと、きょうも三田の寺町のほうへ向かった。おトラとおクマは相州屋がいま、麻衣の仇討ちに向かっていることに気づいていない。ということは、町内で気づく者はいないということである。善七もハナも、きのう一日手伝いに来てくれたお沙世、お仙、お絹の若い女たち三人が、そのようなことを胸に秘めているなど、まったく気づいていない。

忠吾郎は低声でお沙世に言った。確認するためである。

「どうしても許せぬか」

「はい。あの土谷左一郎、町場の者を人間扱いしない振舞い、断じて」

「ふむ」

忠吾郎はうなずいた。お沙世の意志は固いようだ。

「あら、いらっしゃいませ」

となりの縁台に大八車の人足が二人、腰かけた。

忠吾郎は鉄の長煙管をくゆらせ、街道を見つめさらに考えた。お仙とお絹、それに宇平だ。

お仙は武家の出であり、だから不逞な旗本はいっそう許せないのだろう。みずからも父に濡れ衣を着せ切腹に追いやった旗本が許せず、十二年をかけ本懐を遂げたのだ。こたびも、八歳の娘を理不尽に殺した旗本を許せない気持ちは、自分の敵討ちのときとおなじものなのだろう。

お絹は、お仙が討った旗本屋敷の腰元だった。そのあるじの所業が許せず、討手に加担したのだ。

宇平は十二年間もお仙につき添った。こたびもお仙がその気になれば、宇平も一緒に最後まで走るだろう。すでに走っている。

だが、お沙世、お仙、お絹、宇平たちがその気になったのは、

（わしに責がある）

自負心ではない。責任を感じているのだ。尋常な手順を経ていない敵討ちを、お仙が果たし得たのは、忠吾郎がそこに係り合い、仁左が動いたればこそのことだった。こたびも影走りとなり、すでに動き出している。もし、お仙たちが無意識のうちに、

（忠吾郎旦那の差配があれば、許せぬ旗本も人知れず討ち果たせる）

その思いがあるとすれば……。

お沙世の茶店の縁台に腰を下ろし、小休止を得たいま、ふとそれが脳裡を走ったのだ。

お沙世もそうだが、お仙たちももうあとには引かないだろう。

（ならばあの者たちのためにも、一層慎重に進めねばならぬわい）

思えてくるのだった。

正之助がお絹、宇平と一緒に帰って来たのは、陽が中天を過ぎた時分だった。それに気づいたお沙世が、

「ねえねえ、どうだった」

と、相州屋の玄関に飛びこんだ。

帳場格子の奥に座っていた忠吾郎も腰を浮かせた。

正之助は店場の土間に立ったまま開口一番、

「さっそく、あしたから屋敷に上がることに」

はたして土谷邸の用人と女中頭は、人を見る目があった。

「けっこうなお屋敷でございました」

と、お絹も満足そうな表情で言い、宇平もうなずきを見せた。

だが正之助はまた言った。

「こうもとんとん拍子に進むとは、ますます心配ですよ、旦那さま」

「これでいいではありませぬか」

お絹は言い、宇平もまたうなずいた。


日の入りのころである。

奉公の話が順調に進んだ理由がわかった。仁左が戻って来たのだ。

朝方、仁左は正之助たちと一緒に相州屋を出たが、両国広小路で別れた。大川に架かる両国橋のたもとで、そば屋の玄八と待ち合わせたのだ。

両国橋を渡れば本所で、松坂町は近い。二人で手分けし、外から土谷邸を探ろうというのである。仁左は土谷邸のある松坂町二丁目の町場や武家地をながしてうわさを集める。玄八はその近辺で転々と屋台の場所を変え、町場の住人や武家屋敷から出て来る中間たちから、評判を聞こうというのである。

嫡子が町場の街道で馬を駆り、人ひとりを殺すくらいだから、さまざまなうわさが立っていないはずはない。それに、土谷邸の正面門が武家地と町場の境になる往還に面しているのが、玄八にはありがたかった。町場の角に屋台を据え、土谷邸の出入りが見張れた。

札ノ辻にカシャカシャと羅宇竹の音が聞こえたのは、お沙世の茶店の縁台に腰を据えていた忠吾郎が、

「さあ、ここもそろそろ店仕舞いだな」

と、腰を上げた日の入り時分だった。

街道は一日の終わりを迎えて慌ただしさを増しており、忠吾郎とお沙世が気づいたのは、仁左が縁台のすぐそばまで帰って来たときだった。

「あっ、仁左さんだ」

「旦那、収穫ありやしたぜ」

お沙世が言ったのへ仁左の声が重なった。

忠吾郎はすでに腰を上げている。

「まずはこの顔ぶれで」

「わかった」

「え、わたしも！」

と、仁左が言ったのへ忠吾郎が応じ、お沙世は弾んだ声を上げた。仁左の言った〝この顔ぶれ〟では、そこにお沙世も入っていることになる。

仁左はきょう一日、玄八と連携し、同心の染谷とも会っているかもしれない。その話をするのに、お仙たちがいてはまずい。お仙たちは、相州屋忠吾郎の背景を知らない。秘密にしているわけではないが、向後のためにも知られないほうがいい。だが、お沙世は知っている。だから仁左はお沙世のいる前で〝この顔ぶれで〟と言ったのだ。ちょうど茶店の暖簾を下げる時分でもあった。

いつもの裏庭に面した居間に、忠吾郎、仁左、お沙世、それに正之助の顔がそろった。一同の目が仁左に注がれた。

仁左は言った。

「松坂町二丁目の町場のお店(たな)に四軒、武家屋敷にも一軒ばかり入(へえ)りやした」

羅宇屋の探りである。それぞれの家の裏手に入り、じっくり腰を据えて聞き込んだ話だ。

「いいうわさは聞きやせんでした。土谷家はどうやら内輪揉めしているらしく」

と、その内容は、仁左自身が江戸城本丸の目付部屋で、青山欽之庄から聞いた話を裏付けるものだった。

「嫡子の左一郎は親の土谷左主水(さもんど)に似て、きわめておとなしく、まじめな人物らしいんでさあ」

「えぇ、うそ！　わたしが見たのは、どうしょうもない不逞な若侍ですよ！」

お沙世が怒ったように言う。

「まあ、黙って聞けやい」

仁左は手でお沙世を制し、語った内容は驚くべきものであった。

「左一郎には弟がおりやして。次郎左という名で、兄の左一郎は二十九歳で、嫁と二歳になる長子がいるそうで。弟の次郎左は二十一歳で、歳が離れているせいでやしょうか、後継ぎとしての訓育は左一郎に集中し、次郎左は小せえころから甘やかされて育ったそうでさあ」

聞いているお沙世の表情が、しだいに深刻な色になっていった。

仁左はつづけた。

「それが三月か四月ほど前らしいですが、あるじの左主水さんが、来年の春には隠居し、家督と役職を左一郎に譲ると柳営（幕府）に申し出たそうで。それからららしいですぜ。弟の次郎左が荒れだし、家の中の物は壊す、中間には暴力をふるい、縁側を拭き掃除していた腰元をいきなり庭に蹴り落としたりで、左主水さんも左一郎も手がつけられず、奥方も兄嫁も困り果てておいでだそうで。そんなことがあって、すでに中間や腰元で屋敷を出た者が幾人かいるそうで」

「ふむ」

　忠吾郎が解したようにうなずいた。

　仁左の話はさらにつづいた。

「その蛮行が町場にも及び、町衆よりもおなじ武家屋敷のほうから、武家の恥と苦情が土谷邸に舞いこみ、いよいよ困り果てていたところ、一月ほど前らしいですが、親戚だか友人だか知りやせんが、諫める者が出やして、いまじゃその者と外でよく会っているらしいとのことで」

「それが誰だかわからねえか」

「へえ、そこまでは」

　忠吾郎の問いに仁左は応え、

「そば屋の玄八どんもあっしとおなじようなうわさを聞きやして、それで本所界隈を縄張にしている口入屋を二軒ほど、まわったとのことで。どこか武家屋敷で飯炊きに雇ってくれるところはねえかって。それで土谷邸では最近幾人か中間が屋敷を出たそうで、そこに口入れしてくれねえか、と」

「ほうほう、それで？」

　正之助が身を乗り出した。

玄八は仁左に語ったという。

「――二軒ともだったぜ。土谷家の名を出すと、口入屋は顔の前で手の平をひらひら振り、乱心者がいるような屋敷に口入れしたんじゃ信用に関わると言い、そのうちの一軒が、土谷邸を逃げ出して来た中間さん二人とお女中一人を他の屋敷に口入れしたそうだ」

玄八自身については、どちらの口入屋も本物の年寄りと見たか、いま飯炊きの爺さんの引合いはないと断られたそうな。

正之助が真剣な顔で言った。

「旦那さま。あした私が行って、断わって来ましょうか」

「あはは。お絹の言うとおり、望むところではないか」

忠吾郎は言い、その場にお絹と宇平を呼んだ。お仙も来た。

部屋の灯りは行灯の小さな炎のみとなったが、お沙世、お仙、お絹がそろえば華やかな感じがする。

忠吾郎はお絹たちに、すべて仁左がきょう一日かけて聞き込んだこととして、さきほどの話を披露し、

「まずは麻衣を馬で蹴り殺したのがほんとうに嫡子の左一郎か、それとも弟の次郎左

が兄の名を騙ったかを確認することだ。おそらく騙ったのだろう。増上寺門前の町場で刀を振りまわし、店頭の若い衆に町から締め出されたのも、次郎左のほうかもしれねえ」

「おそらく」

仁左が言ったのへお絹が、

「なにゆえさようなことを」

「それを探るのが、お絹さんと宇平どんの仕事じゃねえかい。そのためにあっしもしばらく、あの屋敷のまわりを徘徊しやすぜ」

仁左が返した。

お仙が不満そうに、

「ならばわたくしも」

「それにまだ、左一郎か次郎左か、はっきりしねえ。虫を踏みつぶすように麻衣を蹴り殺したほうを明らかにして、誅殺する仕事がある。そのときにはお仙さん、きっと出番があるはずだ」

忠吾郎は言い、あらためて向後の役割分担を話し合い、今宵は通い番頭の正之助の帰りがすっかり遅くなってしまった。

この日、仁左が忠吾郎に語ったのは、これだけではなかった。部屋には仁左とお沙世が残り、

「染どんも顔を見せやして、両国橋を渡った元町の自身番に暫時詰所を置くように話をつけたから、と。あしたから染どんがそこに詰めるそうで」

「ほう、近くじゃねえか。向こうさんは、町場で町衆の娘を蹴り殺した旗本を、なんとしても奉行所のお白洲に引き据えたいようだな」

またお沙世が言った。

「その科人、お奉行所に持って行かれたら、麻衣ちゃんの仇討ちはどうなるのです。牢屋の中じゃ、討てないじゃありませんか」

「あはは。これからそれのせめぎ合いが始まるのさ。おそらくお城のお目付も加わって、三ツ巴のなあ」

忠吾郎は、兄者の忠之が染谷に言ったのとおなじことを言うと、ちらと仁左に視線を向けた。だが、行灯のほのかな灯りでは、その表情は読めない。もっとも〝お目付〟の名を出されても、表情を変えるような仁左ではない。

元町は両国橋を渡ってすぐの町場で、松坂町と回向院を東西から挟む立地になっている。染谷はそれほど至近距離に詰所を置いたことになる。

（武士であっても、絶対、奉行所のお白洲に据えてやる）

その意気込みを、忠吾郎は詰所の配置から感じ取った。染谷結之助は町場での殺しの科人を、町場でお縄にする機会を狙っているのだ。

そこにお城の若年寄配下の目付は、内濠竜ノ口の評定所に引き据え、人知れず処断しようとしている。

まさしく仁左は、みずから策したことではないが、その三ツ巴のいずれにも足をかけているのだ。

三　部屋住

一

　あくる日、陽はいくらか高くなり、お沙世の茶店の縁台にはもう幾人目かの荷運び人足や行商人らが腰かけている。

　忠吾郎も朝の日課で腰かけているが、街道のながれを見ているのではなく、視線は寄子宿の路地のほうに向いている。お絹と宇平が出て来るのを待っているのだ。人宿の番頭としてつき添う正之助も準備をととのえ、店場で待っている。

　仁左はすでに出かけたが、お仙はもとより、おクマとおトラも、きょうから奉公に出るお絹と宇平を見送るため、まだ路地奥の長屋に残っている。

「ん？」

と、探し物でもするように、右に左に視線をながしながら街道に歩を踏んでいる武士を目に留めたのは、忠吾郎とお沙世が同時だった。中間のお供を一人連れているから、それなりの武士なのだろう。

「あらあ、あのお侍。旦那に用があるみたい」

「うむ」

と、お沙世が言ったのと忠吾郎が長煙管を脇に置き、腰を上げたのもまた同時だった。

武士は〝人宿相州屋〟と書かれた板の看板の前に立ち止まり、暖簾にも〝人宿相州屋〟の文字を見てうなずいたのだ。品のよさそうな中年の武士だ。

冬場だが朝のことで、表玄関の腰高障子戸は開けてある。店場の帳場格子から往来の人の行き来は見える。

中から正之助が腰を折り、揉み手をしながら出て来た。街道を挟んですぐ向かいなので声も聞こえる。正之助はなおも揉み手をしながら、

「これはまたどうして。ご用人さまじゃございませんか」

「おぉお、間違いなく札ノ辻にあったのう。いやいや、おまえの話に聞いただけじゃったからのう。べつに確かめるためではないが、中間と腰元を二人同時ということも

あって、迎えに来たのじゃ」

中年の武士は言った。

その言葉に忠吾郎は直感し、脳裡は回転した。

(土谷家の用人！)

この時分に本所から来るとは、相当早くに土谷邸を出たのであろう。

(なにゆえ)

土谷家ではいかに奉公人に逃げられたとはいえ、一見(いちげん)の人宿から腰元一人と中間一人を目見得(めみえ)はしたものの即決した。さすがに不安になったのだろう。正之助は土谷邸で言ったはずである。

「——田町四丁目の札ノ辻の相州屋と申します」

ほんとうにその人宿が実在し、きょうから奉公する二人がそこの寄子なのか、寄子宿を発つ前を狙い、

(不意打ちで確かめに来た)

すかさず忠吾郎はお沙世に言った。

「おまえ、顔を見られるな。奥へ」

「は、はい」

お沙世は茶店の奥へ退いた。

戦いはすでに始まっていたのはさいわいだった。街道のいずれかですれ違ったかもしれないが、互いに見知らぬ相手なのだから往来人のなかの一人にすぎず、意識もせずまして顔を覚えられたりはしていないだろう。

お沙世が茶店の奥へ消えると同時だった。正之助が声をかけてきた。

「あ、旦那さま。こちら、土谷家のご用人の堀井兵衛さまでございます。あれが相州屋の亭主で、忠吾郎と申しますです、はい」

あくまでも正之助は堀井兵衛に辞を低くしている。

「これは、これは、土谷さまのご用人さままでございますか」

と、忠吾郎も辞を低くし、通りかかった荷馬が目の前を過ぎるのを待ち、暖簾の前に歩み寄った。

そこへお絹と宇平につづき、おクマとおトラが路地から出て来た。婆さん二人は、いかにも人宿に世話になっている雰囲気がある。挨拶を交わしただけで、初めて相州屋を訪ねた者には、そこが地に根を張った人宿であることを印象づける効果があった。婆さん二人をまじえ、座は往還での立ち話から、相州屋の店場に移った。

髷をととのえていたお仙が、急いで路地から出て来た。お沙世が気を利かせ、街道に飛び出て、

「お仙さん、こっちへ」

お仙を茶店の奥へ引っ張り、いまの事態を話した。お仙は得心し、茶店の奥から相州屋を見守った。

お仙もお沙世も、これからの戦いを思えば、敵方に顔を見られないほうがいいだろう。

店場では、蠟燭の流れ買いのおクマと付木売りのおトラが、見送った足でそのまま商いに出るつもりだったか、それぞれの用具や品を手に、

「用人さまがお迎えに来てくださるなんて、いいお屋敷だよう」

「番頭さん。いい奉公先、見つけてくれたねえ」

と、しきりに感心し、お絹と宇平は恐縮の態になっている。

土谷家用人の堀井兵衛も、相州屋が番頭の正之助が言ったとおり田町の札ノ辻に存在し、まともな人宿であったことに安堵したか、部屋には上がらず店場でお茶を飲んだだけで、お絹と宇平をともない、本所松坂町の屋敷に帰ることになった。外まで見送ったおクマとおトラに、

「おまえさんたち、蠟燭の流れ買いに付木売りだねえ。本所の屋敷にも来ないかね。じゅうぶんな商いができるよう、屋敷の者に引き合わせるから」

「ほんとうかね」

「回向院へのお参りも兼ね、行ってみようかねえ」

堀井兵衛が言ったのへ、おクマとおトラは返していた。二人の婆さんは、柔和な感じの堀井兵衛を気に入ったか、ほんとうに行くような口ぶりだった。

茶店の奥から見ていたお沙世とお仙は、お供の中間をまじえた四人の姿が視界から消え、おクマとおトラも機嫌よさそうにいずれかへ商いに向かったあと、相州屋の店場に入った。正之助はもとより、忠吾郎もまだそこにいる。

正之助が、

「いやあ、驚きました。まさか用人さまが迎えにおいでとは。なんだか、ますます心配ですじゃ」

「そのようだ。おそらくあの用人は相州屋(うち)を探りに来たのだろう。疑念は払拭(ふっしょく)できたと思うが、それにもう一つ……」

忠吾郎は言う。

「屋敷に〝乱心者〟がいることなどを、事前にお絹さんと宇平どんに話しておくためでもあろう。二人とも先刻承知しておるがのう」

「わたくしがあしたにでも、ようすを見に行ってまいりましょうか」

言ったお仙に忠吾郎は、

「いや、それはまだ早い。おクマとおトラ、いい感じだったぞ。いずれ、お沙世にも行ってもらわねばならないがのう」

「はい。いつでも」

返したお沙世に、

「私がようすを見に行きたいくらいですよ」

正之助が真剣な表情で言った。

二

正之助の懸念は消えなかった。

翌朝、商舗（みせ）に出るなり、

「旦那さま。やはりきょう私がちょいとのぞいて来ましょうか」

などと言う。

忠吾郎は言った。

「なあに、それには及ばぬ。きのう、番頭さんも聞いたろう。おクマとおトラがきょう回向院へお参りに行くと言ってなあ。お沙世とお仙もつき合うことになったのだ」

きのうの夜、仁左をまじえてそれが話し合われたのだ。もちろんおクマとおトラは、仁左たちの意図は聞かされていない。用人の堀井兵衛の言葉に甘えてのことなのだ。

正之助は承知し、

「ならばお絹さんと宇平どんのようす、しっかり見て来てくだされ」

と、街道まで出て見送り、仁左を含めた五人がひとかたまりになり本所に向かったのは、陽がすっかり昇ってからだった。肩をならべて歩くわけではないが、若いお沙世とお仙が一緒とあっては、

「仁さん、なにやら楽しそうじゃないか」

「あはは。おめえさんらもなあ」

おクマに言われ、仁左も大きな声でやり返した。ちょうど日本橋を渡っているときで、金杉橋や京橋(きょうばし)もそうだったが、橋板に響く大八車や往来人の下駄の音が、江戸繁盛を示している。

仁左は昨夜おクマとおトラに、

「――回向院にお参りしてから、商いの範囲拡大で本所界隈をながしてみらあ」

と、軽い口調で言い、お沙世とお仙はおクマとおトラが土谷邸から出て来るのを待ち、女ばかり四人で、本所まで来たのなら深川まで足を延ばし、富岡八幡宮や永代寺も参詣しようということになったのだ。きょう仕事は土谷邸だけで、物見遊山の一日になりそうだ。

「――いい機会じゃねえか。そうして来ねえ」

と、忠吾郎がすすめ、それぞれに小遣いまで出した。

両国橋西詰の広小路には、芝居小屋や見世物小屋が立ち並び、屋台や大道芸人らも出て、物見遊山には格好の場である。きょうはそこで遊ぶのではない。それらのにぎわいに未練を残し、日本橋と同様に両国橋にも江戸繁盛の音を立てるのに、仁左の羅宇竹もひと役買った。

本所の地を踏んですぐの元町を過ぎ、五人で回向院にお参りをしてから松坂町二丁目に向かう。

仁左はその途中でちらと元町の自身番に立ち寄った。遊び人姿の染谷結之助が詰めている。きのう土谷家の用人が、わざわざ相州屋までお絹と宇平を迎えに来た。それを話しておきたい。その縁で、きょう五人そろって松坂町まで来て、これからおクマとおトラが土谷邸の中に入ることになったのだ。話すと染谷は得心したようにうなずいた。

土谷邸の前に来た。屋敷の表門の見える町場に、玄八がそばの屋台を出していた。それにおクマとおトラは気づかず、急ぐように脇の路地から屋敷の裏門のほうにまわった。

回向院を出たところで昼をすませたが、時間稼ぎのため仁左とお沙世、お仙は玄八の屋台でそばを手繰(たぐ)った。陽はちょうど中天にかかっている。立ち話をしながらおクマとおトラの出て来るのを待つのに都合がいい。

仁左は玄八をお仙に、商いの途中などに町場でよく出会い、札ノ辻にもときおり来るそば屋として引き合わせた。世間話のように仁左は、きょうおクマとおトラが土谷邸に商いに入ることになった経緯(いきさつ)を玄八にも話した。

「ほう、ほうほう」

と、興味深そうに仁左の話を聞き、お沙世も、

「ほんと、ご用人さんが迎えに来るなんて、わたしも驚きましたよ」

と、相槌(あいづち)を入れる。

お仙は、

（あれが土谷邸か）

といった目つきで、表門を凝視している。

「お仙さん。そんなに見つめたんじゃ怪しまれやすぜ」

「は、はい」

仁左に注意され、お仙は正面門から目を離したが、それでもちらちらと視線をながしていた。

屋敷の中では堀井兵衛の口利きもあり、おクマもおトラもじゅうぶんな商いができ、お絹と宇平にも会った。二人は、矢羽模様の着物を着た腰元と、紺看板（こんかんばん）に梵天帯（ぼんてんおび）の中間姿になっていた。邸内の裏手の庭でおクマとおトラは、外でお仙とお沙世が待っていることを話し、お絹と宇平が、

「女中頭（がしら）さまは親切なお方で、忠吾郎旦那と番頭さんにご安心くださいと言っておいてくださいな」

「わしもじゃ。お仲間の中間さんたち、みんなようしてくれてなあ」

などと話しているとき、

「あれ？」

と、おクマがおトラの袖を引いた。

「あっ」

と、おトラも気がついた。

いま裏門から一人で出た若い侍……似ている。増上寺の片門前一丁目の料亭で刀を抜き、仲居に斬りつけた若侍と似ているのだ。

「ああ、あのお人が、ご舎弟の次郎左さまですよ」

お絹はさりげなく言った。宇平もうなずいた。だが片門前一丁目でおクマとおトラが聞いた名は〝左一郎〟だった。二人ともお絹から〝次郎左〟と聞かされ、

(よく似た兄弟)

思ったことだろう。人に話したくなるほど、それは似ていた。

お絹と宇平にとっては、これで早くも土谷邸潜入の目的の一つを果たしたことになる。

次郎左は裏庭の隅の四人を気にとめることなくすでに裏門を出ており、このやり取りを堀井兵衛はむろん、屋敷の誰かに聞かれることもなかった。

そば屋の屋台のところから、表門だけでなく、おクマとおトラが入って行った、裏

門に通じる路地の出入り口も見える。

そこから若侍が一人、出て来た。

「あ、あれは！」

お沙世が不意に声を上げ、そこから目を離し仁左に、

「見ちゃだめ。いま裏門の路地から出て来た侍、麻衣ちゃんを殺した男」

「えぇえっ」

「見るな」

ふり向きそうになったお仙の袖を仁左は引いた。

若侍は屋台のすぐ近くを通り過ぎた。回向院のほうに向かっている。

「どこへ」

玄八がつぶやいたのへ応じるように、尾けようと一歩踏み出したお仙の腕を仁左は取り、

「おっと、お仙さんとお沙世さんはこのあと、八幡さんと永代寺じゃござんせんかい。あっしと玄八どんに任せておきなせえ」

「そう、それがいい」

お沙世も言った。周囲に知られず仇討ちの策を進めるには、身内のおクマとおトラ

にも気づかれないことが肝要だ。いまお仙がここから消え、おクマとおトラに不思議がられるようなことになってはならない。お仙は解し、踏み出した足を引いた。

いかに親の敵討ちを果たしたお仙といえど、人の尾行など慣れていない。しかもお仙ならいま刃物を持っていなくても、その気になれば相手にさりげなく近づき、瞬時にその者の刀を抜き取り不意打ちを仕掛けるぐらいの技量はある。それがかえって危ない。

「それでは」

と、羅宇屋の仁左とそば屋の玄八はその場を離れ、麻衣殺しの〝左一郎〟の向かった方向に歩を進めた。そこへおクマとおトラが出て来ても、もともと玄八の屋台には気がついていなかったし、仁左はこの界隈で商うことになっており、いなくなっていてもなんら不思議には思わないだろう。

案の定、おクマとおトラが裏門の路地から出て来たのは、仁左と玄八がその場を離れてからすぐだった。

「商い、どうだった？」

訊くお沙世に、

「ちょいとちょいと聞いてよ」

「世の中、似た人がいるもんだねえ」
と、さっそく〝左一郎〟と〝次郎左〟の話をした。
気のいいおクマとおトラは、そこが土谷邸であることは気にもとめず、親切な用人や優しい女中頭のいる奉公先とのみ認識しているのかもしれない。

若侍の次郎左は回向院を過ぎ、元町に入り両国橋に向かっていた。
玄八は自身番に走り、ことの次第を染谷に知らせた。次郎左を尾ける人数は、遊び人と屋台のそば屋と羅宇屋の三人になった。この顔ぶれがそろえば、なにをするにもぬかりはない。

お沙世とお仙は、屋敷から出て来たおクマとおトラから話を聞き、顔を見合わせた。邸内でお絹が〝ご舎弟〟で〝次郎左〟と言った人物こそ、田町の札ノ辻で〝旗奉行土谷家の嫡子左一郎〟と名乗った若侍だったのだ。ということは、おクマとおトラが片門前一丁目で見かけたのも、似ているのではなく次郎左その者ということになる。

このあとお沙世とお仙は、仁左たちの尾行を気にしながら、本所の海辺寄りに位置する深川の富岡八幡宮と永代寺の参詣を、おクマとおトラと満喫した。

次郎左を尾行する熟練の三人は、来た道を引き返すように両国橋を広小路のほうに渡り、そのにぎわいを抜け、町場を過ぎた武家地に入った。この一帯の武家地には、百石から二百石の貧乏旗本の屋敷がならんでいる。

三

仁左が一人で札ノ辻に戻って来たのは、陽が西の空にまだ高い時分だった。

忠吾郎は待っていた。

裏庭に面した縁側である。お絹と宇平が心配なのだ。冬の陽光を浴びながら、正之助も店場から出て来て座に加わった。お絹と宇平が心配なのだ。だが、仁左が玄八と一緒に表門の見える町場を離れたのは、おクマとおトラが屋敷から出て来るまえだったから、内部のようすはまだ聞いていない。

「それじゃ、おクマさんとおトラさんが帰って来たら、すぐ知らせてください」

と、正之助は縁側に腰を据えるまでもなく、店場の帳場格子に戻った。寄子宿に住まわせ、じっくりと奉公先をさがすのはそう頻繁ではないが、日傭取(ひようとり)やちょっとした荷運びの手伝いなど、口入れの仕事は多いのだ。

縁側はふたたび忠吾郎と仁左の二人となった。陽当りがよく、風さえなければ部屋の中よりあたたかい。

「で、どうだった。収穫があったような顔だが」

「へえ、大ありでさあ。やはり弟がいやして、名は近所で聞き込みやしたが、次郎左というそうで、お沙世さんが言うには、麻衣を馬で蹴り殺したのはこのほうでやした。屋敷から出て来たので、尾けやしたぜ。それが驚きでさあ」

「ほう、ほうほう。それで？」

忠吾郎は身を乗り出し、さきを急かした。なぜ弟が兄の名を騙ったかは二の次に、ともかくいまは、きょう次郎左を尾行して得た〝驚き〟の内容である。仁左は語った。

次郎左の足は、百石取りの屋敷がならぶ一角に入った。百石取りの拝領屋敷の敷地は二百坪ほどで、白壁などはない。板塀で表門も板の門扉に板の屋根がついている程度である。

生活は苦しくとも、禄を食んでいる以上、定められた人数の女中や中間を置かなければならない。各屋敷とも置くには置いているが、それらは亭主や奥方と一緒に植木の栽培、小鳥の飼育、傘張りに提灯張りと内職に励んでいる。それでなんとか、武士としての外見を保っているのだ。

「もう幾度も来ているようで、慣れた手つきで門を叩いておりやした」

「ほーう」

と、忠吾郎は旗奉行六百石の家柄の次男坊が、貧乏旗本の屋敷へ気軽に訪いを入れたことに興味を持った。もちろん次郎左は中に入った。

尾けたのは仁左と染谷と玄八である。当然、近辺に聞き込みを入れ、その百石屋敷の旗本の素性を調べた。

「旦那、驚いちゃいけやせんぜ。その屋敷は百石でもさらに役つきの扶持米もない小普請組でさあ。以前は二百石だったのが、どんな失策があったのか知りやせんが役職を解かれ、拝領屋敷も二百石相当から百石相当に替えられ……なんでも十年ほど前のことで」

「ほう。現在は百俵泣き暮らしの口か」

〝百俵泣き暮らし〟とは、微禄の旗本の貧乏暮らしを揶揄した言葉である。

「ところがそうじゃねえので」

「どういうことだい。その二百石か百石かわけのわからねえ旗本の素性は調べたろうなあ」

「もちろんでさあ。それが驚きなんで」

「焦れってえぜ。何者なんでえ」

「へえ、建部山三郎で」

「なんだって！」

「そう、会津藩の下屋敷に取り入り、畳屋の八造を説得し、おもてにならねえようにうまく話をまとめた、あの萬請負師でさあ」

「こんなところに、また出て来やがったかい。それにしては、竹花屋のまわりにそやつの影は感じられねえが」

「そうなんで。どうもみょうな具合でやして。荷運びの小鹿屋のときは、うまくおもてに出ねえようにまとめ、会津藩には感謝され畳屋八造からも喜ばれ、大した野郎だと思いやしたが、こたびはどうもようすが違うようで」

「どのように」

「さっきも申しやしたように、次郎左は建部屋敷に慣れたようすで入りやして。それで染谷どん、玄八どんと手分けして近辺に聞き込みを入れやした。近所の者は次郎左の背景を知らねえようで、同格の屋敷か親戚の若い者と思っているようで。その若侍が建部屋敷へ頻繁に出入りしはじめたのは、三月か四月ばかり前からで」

「次郎左が札ノ辻で麻衣を殺めるより、ずっと以前からということかい」

「さようで。染谷どんが言うにゃあ、土谷家で当主の左主水さんが隠居して家督と役職を長子の左一郎に譲ると言い出したころと重なっていねえか、と」

「小普請組の建部家が、そこになにか係り合うているのか」

「それがわからねえので。それに、みょうなうわさを聞きやした」

「ほう、どんな」

「建部山三郎は三十がらみの男で、次郎左とよく連れ立って町場へ出かけ、あちこちで因縁をつけては小遣いにありついているとか。そのくせとなり近所には、もうすぐ小普請組を抜け、役付きになって出世する目算がついているなどと吹聴し、評判はすこぶる悪うござんした」

「まるで性質の悪いやくざ者だなあ。もうすぐ役付きになどと強がりを言っているのはともかく、武家の次男、三男が徒党を組んで町場で吝な小遣い稼ぎをやっているのはよく聞く。奉行所も武家には手が出せず……」

「それを呉服橋の大旦那が、旦那になんとかしろ……ですかい」

と、仁左。

「ふふふ、話を戻せ。建部山三郎も、次男か三男の部屋住かい」

「いえ、建部家のれっきとした当主で」

「なんと、それが若い次郎左とつるんで、町場で強請たかりたあ解せねえなあ。それによ、おクマとおトラが片門前一丁目で見たという狼藉者なあ、ありゃあ強請というより、店頭一家の若い衆に追い出されたって話だったぜ。それも名乗りを上げたうえに捨てぜりふまで吐いてなあ。ちょいとようすが違うんじゃねえのかい」

「あっしもそう思いやして、聞き込みのあと、強請の現場を見てみてえと、ふたたび三人で建部屋敷の前に戻って、あっしが商いで羅宇竹すげ替えの声を入れたんでさあ。中間が出て来やして、あるじは来客といずれかへ出かけたので、またのお越しをと」

「次郎左とだな。找したかい」

「找すにゃあっしの背中がうるさく、目立ちまさあ。それで染谷どんが日本橋界隈を、玄八どんは神田明神下をながしてみるということになり、あっしはそのまま帰って来たしだいで」

話しているところへ、玄八が相州屋に飛びこんで来た。そば屋の屋台は担いでいない。告げるべき用件ができ、そのために急いで来た風情だ。

「おおう、仁左の兄イ。帰ってたかい、ちょうどいいや」

と、座は縁側から居間に移った。陽が低くなれば、風がなくともやはり縁側では寒くなる。

忠吾郎、仁左と三つ鼎にあぐらを組み、玄八は言った。

「ともかく両国広小路の近くから神田の大通りに出て、そこで日本橋と神田明神下に分かれようということになり、途中まで二人そろってたと思ってくだせえ」

「ああ、思った」

仁左が返した。

神田の大通りは、日本橋から北の神田明神のほうへ、ほぼ一直線に延びる広い通りだ。日本橋から南へ延びる東海道に負けず、けっこうなにぎわいがあり、飲食の店も多い。

「その一軒で、やってやがったのでさあ」

「二本差を笠に着ての強請をかい」

忠吾郎が確認するように問い、

「それで、名乗りは上げたかい」

と、次郎左が〝左一郎〟と名を騙ったかどうかに、こだわりを見せた。仁左も訊きたいところである。片門前一丁目と札ノ辻では〝土谷家の左一郎〟と明確に名乗っていたのだ。

　だが、次男の次郎左が確かに嫡子の〝左一郎〟を名乗っていたのかどうかは、お沙世だけでなくおクマとおトラも帰って来て確認を取るまでは断定できない。富岡八幡宮と永代寺の参詣から、もうすぐ帰って来るはずである。

　玄八は応えた。

「名乗りは上げやせんでした。まったくやくざもどきの汚ねえ強請でさあ。目の前でやられても、本物のやくざ者ならその場で引っくくるんでやすが、お武家じゃあっしら手も足も出ねえ。いっそうのこと刀を抜いて振りまわしてくれりゃ、町場の衆を護るためってえ名目で取り押さえ、自身番にちょいとご足労を願うこともできるんでやすがねえ」

　実際に悔しそうな口調である。そのまま玄八はつづけた。

「そこで染谷の旦那と話したんでさあ。あんな野郎ども、一日だって長く野放しにしておけねえ。やつらめ、料理屋から出て来るとき、あしたもちょいと稼ごうなんて言ってやしたから。あしたもきっとどこかへ出るはずでさあ。そこであとを尾け、機会を見てこっちから挑発し、刀を抜かせて取り押さえ、有無（うむ）を言わせず茅場町（かやばちょう）の大番屋に引き挙げ、札ノ辻での馬の一件を吐かせ、一挙に小伝馬町（こでんまちょう）の牢屋敷に送り、奉行所で断罪しよう……と」

玄八はひと息つき、

「それを一緒にやってもらいてえ、と。仁左の兄イだけじゃねえ。仕掛けるには女がいいと思い、お沙世さんと、寄子宿にいなさるお人、お仙さんでしたかい。一緒に来てもらいてえ。策はその場で考えまさあ。染谷の旦那はそれを大旦那に相談するため、呉服橋に戻りやした。呉服橋の大旦那、きっとそうせいと下知してくださるはずですぜ。その気になってくださりゃあ、次郎左を小伝馬町の牢屋敷へ送るにもお城のお目付あたりから横槍の入るめえに入牢証文を書いてくださらあ」

「うむ」

忠吾郎は是とも非ともつかないうなずきを返し、仁左に視線を向けた。仁左は応えた。

「そりゃあ、まあ、あしたも松坂町に詰めやすが。お沙世さんもお仙さんも、声をかけりゃあ、よろこんで来まさあ」

「ほっ、決まりだ。さっそく呉服橋に行って、染谷の旦那に知らせて来まさあ。へへん、あしたは旗本のせがれ相手の大捕物でえ」

玄八は一人で決め、勇んで帰って行った。

外はまだ明るい。部屋には忠吾郎と仁左の二人が残った。

「どうしやす」

「うーむ」

仁左が言ったのへ、忠吾郎は戸惑いのうめきを洩らし、

「しばらく泳がし、左一郎か次郎左か、はっきりしたところで、機を窺おうと思っておったのだが……」

「奉行所に持って行かれたんじゃ……」

二人とも、口調がはっきりしない。

明かり取りの障子が、不意に明るさを失った。日の入りである。

その障子の向こうから、

「あーぁ、暗くなる前に帰れてよかったよ」

「ほんと、ほんと」

と、おクマとおトラの声が聞こえて来た。もちろん、お沙世とお仙も一緒だ。

忠吾郎と仁左は急ぐように縁側に出た。

「あら。仁左さん、ここだったのね。ちょうどよかった」

お沙世が言った。それらの声が奥まで聞こえたか、店場の整理をしていた正之助が

急ぎ縁側に出て来ておクマとおトラに、

「どうだった、土谷邸のようすは」

「ああ、お沙世さんとお仙さんに話したから」

「あたしら、もう疲れたよ」

言うと二人はふらふらと長屋のほうへ向かった。部屋に入ると、おそらくそのまま土間から畳にくずれこむだろう。

庭にはお沙世とお仙が残った。二人とも着物の裾を手でたくし上げており、若いせいかまだ元気がある。

「はい。聞きました」

お沙世は応え、忠吾郎の手招きでお仙とそろって足を手拭で払い、居間に上がった。深川から暗くならないうちにと、おクマとおトラを急かして帰って来たせいか、やはり疲れているようすである。

二人は端座ではなく、足を横にくずして座った。正之助ひとりが端座である。

「で、お絹さんと宇平どんのようすは」

「ええ、詳しく聞きました。女中頭さんは親切なお方で、中間さんたちも年寄りの宇平さんによくしてくださるそうで……」

と、お沙世がおクマとおトラから聞いた話をし、お仙はうなずきを入れた。

「そうでしたか。ああ、これでひと安心ですじゃ」

と、正之助が店場のかたづけに戻ると、仁左が、

「それだけじゃねえだろう」

催促した。

「そうそう」

「そう。それですよ。お沙世さん」

お沙世が気づいてうなずき、お仙もさきを急かした。あらためてお沙世は、

「おクマさんもおトラさんも、お絹さんと宇平さんから〝ご舎弟の次郎左さま〟と聞かされたお方を、〝世の中、似た人がいるもんだねえ〟などと言っていましたが、似ているどころか、若侍が裏門から出て来たとき仁左さんに言ったでしょう。間違いなく馬の上から〝左一郎〟と名乗った若侍ですよ。それが弟の次郎左だったとは」

断言した。

忠吾郎と仁左は顔を見合わせ、無言のうなずきを交わした。

(間違いない。弟の次郎左が兄の左一郎の名を騙っている)

これまで忠吾郎と仁左の念頭を離れなかった、もやもやとした疑念が明確に吹き飛

んだ。

染谷結之助も玄八も、すでにそれを前提として、町場の女童を馬蹄にかけた若侍を捕縛しようとしているが、仁左はその前提の間違いないことを、二人に知らせてやりたい気持ちになった。玄八はさきほど帰ったばかりだ。

(ま、あしたまた会うことだし)

思い、

「旦那、どうしやす」

忠吾郎に視線を向けた。お沙世とお仙の目もそれにつづいた。

(弟がなぜ兄の名を騙り、家名を貶(おとし)めているのか)

その疑問は残るが、いまはいかにして竹花屋善七に、

(娘の仇を討たせるか)

である。

忠吾郎は言った。

「奉行所は旗本の土谷左一郎ならず、土谷次郎左を早急(さっきゅう)に捕えようとしていることになる。手を貸さぬわけにはいかんわい。ま、なりゆきに任せ、仇討ちの機会はいずれかに見いだす以外にない。それよりも心配なのは、善七が軽挙に走らんかだ。お沙

世、お仙さん」

「はい」

「善七は科人(とがにん)を、町のうわさに聞く〝土谷左一郎〟と思いこんでおるだろう。気を鎮(しず)めるためにも、科人は次郎左という弟のほうで、機会を見いだすため、いまお絹と宇平が本所松坂町の屋敷にもぐりこんでいる、と正直に話してやれ。わしらがさように合力しているとわかれば、いくらかは落ち着くだろう」

「そうかもしれませんねえ」

お仙が返した。

善七に話すことは、仁左にも異存はなかった。

外はまだ提灯なしでも歩ける。

お沙世とお仙が、仁左とあしたの簡単な打合せをし、人のまばらとなった街道に出て竹花屋に訪(おとな)いを入れたのは、そのあとすぐだった。

「えぇえ！　いったい!?」

と、女房のハナは、お沙世とお仙の話に得体の知れない恐怖を感じ、亭主の善七は幾度かうなずき、

「赤穂浪士が討ち入りした、本所松坂町でやすかい」

と、無口になっていたのが珍しく問いを入れた。

「その跡地は一丁目で、元禄じゃなく文政の敵がいるのは二丁目です」

などと、お沙世は善七の気をほぐそうと、冗談まじりに応えた。

お仙が寄子宿の長屋に帰って来た。

部屋の前で仁左が待っていた。敵の名と所在を明確に話したときの、善七のようすがやはり気になるのだ。

「本所松坂町で吉良邸の話が出て、お沙世さんが軽い冗談なども言ったのですが、やはり善七さん、にこりともせず」

「そうですかい。やはり衝撃は俺たちの想像を超えているのかなあ」

「そりゃあそうですよ。こればかりは、経験した者にしかわかりませぬゆえ」

言ったお仙に仁左は、

「次郎左の名を明かしたのが、逆に刺激にならねばよいがのう」

ふと武士言葉になり、自分の部屋に戻ろうとした仁左を、お仙は呼びとめ、

「忠吾郎旦那、奉行所の動きにお詳しいようですが、いったいいかなるお方なのです？　仁左さんも、ときおり武家のような言葉になりますが」

「あはは。忠吾郎旦那は俠気のありなさるお人で、人宿の商いがら、顔が広いとい

うだけのことさ。へへ、あっしですかい。お武家のおまえさんと話していると、つい、こんな言葉が出ちまうんでさあ。ただそれだけで」

言うと仁左はきびすを返し、足元に気をつけ自分の部屋に向かった。お仙は首をかしげ、その背を見つめたが、すでに一間（およそ一・八米（メートル））も離れれば、その輪郭も捉えられないほどとなっていた。

四

翌朝である。といっても、まだ暗い。未明だ。けたたましく相州屋のおもての雨戸を叩く者がいた。

さすがに忠吾郎はただならぬ音に飛び起き、手さぐりで店場に出て、なおも戸を叩きながら、

「旦那！　忠吾郎旦那！」

叫ぶ女の声に、

「静まりなせいっ。いま開けますで」

静かになり、開けると同時に月明かりとともに店場に飛びこんで来たのは、竹花屋

の女房ハナではないか。

「旦那さま、いったいなにが！」

起き出した住込みの小僧が、手燭を手に店場に出て来た。灯りの入ったなかにハナは言う。

「いま、いましがた亭主の善七がっ、な、鉈を持って、そと、外へっ」

「なんだと！」

向かいの茶店から、最初の音に気づいたお沙世が、

「おハナさん！」

これも灯りを手に飛びこんで来た。

ハナはつづけた。

「善七が二階から一階へ下りるのに、気がついたのですうっ。あたしも、そっと下りました。仕事場の鉈を手に、外に出ようとするので呼びとめたら走り出し、もう追いつけませんでした。それで、それで旦那にいっ」

「お沙世、仁左を呼べ。そっとだぞ。おい、煙管を持って来い」

「は、はい」

小僧は奥に入るなり長煙管を手に出て来た。お沙世はすでに裏手の長屋に走ってい

る。

「旦那さま、これを」

「よし」

忠吾郎は小僧の用意した提灯を手に飛び出した。六十がらみでも、ここ一番の胆力はある。鉈を握った善七の行く先はわかっている。

お沙世が戻って来た。仁左が一緒だ。お沙世はあらためて店場の灯りのなかに入り、

「あら、いやだ。わたし、寝巻のまま」

帯も腰紐である。しかも裸足だった。ハナも夜着に腰紐で裸足だった。

仁左もおなじである。草鞋は履いていた。事情を聞くなり寝巻を尻端折に、

「ここで待て」

提灯を持たずに飛び出した。わずかな月明かりがある。闇夜に提灯なしならお手上げだが、月明かりがわずかでもあれば、走り抜ける鍛錬は積んでいる。

走った。

両脇の家々の輪郭が黒々とつづき、街道はひと筋の暗い空洞となっている。

善七は股引に袷の着物を尻端折にし、厚手の半纏を着け、手拭で頬かぶりと、そ

れなりの用意をして飛び出したようだ。だが、灯りなしである。走れない。前かがみになって鉈を胸に抱えこみ、用心深く歩を踏んでいるに違いない。

忠吾郎が前方に動く黒い影を見いだしたのは、田町をすでに過ぎ、町名が芝に代わり、あとひと息で街道の名が金杉通りに代わろうかといった地点だった。海辺のほうに入れば、会津藩二十三万石の下屋敷である。

忠吾郎は提灯の灯りを寝巻の袖で隠し、足音を立てぬよう小走りになり、影との差を縮めた。間違いなく善七である。興奮しているのか、背後に迫る影に気づかない。差は三間（およそ五米）ほどになった。

「おい」

声をかけるなり忠吾郎は提灯をかざして走り、善七の前にまわりこみ、提灯を突きつけた。善七はその場に足をすくませ、

「だ、旦那！　どうして!?」

「ばかなことはよせっ。おまえ一人でなにができる。頭を冷やせ」

「行かせてくだせえっ。侍相手に、奉行所がなにをしてくれるってんですかい。泣き寝入りしかござんせん」

言うなり脇の暗い枝道に飛びこもうとした。暗いなかに一度逃げられたら、もう見

つけ出すのは困難だろう。忠吾郎は長煙管を打込もうとしたが、思いもよらぬ善七の動きに間合いを失った。忠吾郎にしては、前面をふさいだことで油断したのが迂闊だった。ずっと駆け足で疲れてもいた。

枝道に飛びこみかけた善七が声を上げた。

「あぁっ」

「待て！」

と、その肩をつかまえたのは、灯りも足音もなく追いついた仁左だった。息せき切っている。

「逃がさねえぜ」

仁左は肩をつかまえたまま善七を引き戻した。

「おう、来てくれたか。間一髪、逃げられるところだった」

「はな、離してくれ。行かせてくれいっ」

「ならねえっ」

鉈を胸に抱いたままもがく善七を、仁左はその場にねじ伏せた。

鉈が音を立てて地に落ちた。忠吾郎は素早くそれを拾い上げた。

「うううっ」

仁左にねじ伏せられたまま、善七は全身の力を抜いた。

仁左は忠吾郎の持つ提灯の灯りのなかで、善七を引き起こした。観念したか、もう抗おうとはしなかった。

忠吾郎も仁左も、不意に冬の夜明け前の寒さを感じ、

「旦那、冷えやせんか。そんな格好で」

「おめえこそ」

二人とも草鞋は履いていても、寝巻に腰紐のままで、しかも尻端折をし、おまけに汗までかいている。場所はあと数歩で金杉通りであり、このまま札ノ辻まで帰ったのでは風邪をひき、二人ともきょう一日、あるいは数日寝込むことになるかもしれない。

忠吾郎と仁左が善七をともない、札ノ辻に戻って来たのは、ちょうど日の出のころだった。銛は樒と仁左の手にある。

街道にはすでに、朝の棒手振や早くに江戸を発つ旅姿や見送り人が出て、足早に白い息を吐いている。善七は銛を取り上げられ、綿入れに半纏姿ですっかり観念し、忠吾郎と仁左に挟まれて歩を踏んでいた。

お仙も未明に物音に気づき、お沙世と相州屋の居間で待っていた。さすがに二人は髷をととのえ、夜着も着替え防寒に綿入れを羽織っていた。

店場に三人を出迎え、お沙世が声を上げた。

「あらあ、その半纏」

金杉橋の浜久の半纏だった。下には綿入れの着物を着こんでいる。この姿で人の出はじめた街道に歩を取っても、奇異ではない。

場所は金杉橋に近かった。忠吾郎と仁左は善七を浜久に引き、裏の勝手口から久吉とお甲を起こして身なりをととのえ、すぐさま札ノ辻に取って返したのだ。

札ノ辻の住人に、騒動のあったことを知られてはならない。相州屋はあくまで町場の、いささか俠気のある人宿で、仁左はおクマ婆さんやおトラ婆さんとともに、そこの寄子なのだ。

おクマとおトラがきのうの疲れからか、朝寝坊をしたのはさいわいだった。母屋の慌ただしい動きのなかに、まだ裏手の井戸端に出て来ていない。

未明にハナが相州屋の雨戸を叩いたのも、気づいたのは向かいのお沙世と祖父母の久蔵、おウメだけだったようだ。

街道に陽が射したとき、すべては収まっていた。善七がふたたび血気に逸ったことを、となり近所に知られることはなかったようだ。

それの一番の手柄は、自分で追いかけずいち早く相州屋の雨戸を叩いたハナであろう。とっさの判断だったが、日ごろからの相州屋忠吾郎の面倒見のよさが、ハナにそうさせたのかもしれない。

陽がいくらか高くなり、おクマとおトラが、

「仁さん、きょうはどうするね。あたしら近場をまわるよ」

「もう疲れてねえ。本所はこんどまたゆっくり行くよ」

「おう、そうしねえ、そうしねえ。俺はまだ決めちゃいねえが」

と、裏庭で仁左に見送られ、すっかり往来の激しくなった街道に出たとき、相州屋の母屋の居間には来客があった。竹花屋の入っている表店五軒長屋の住人だった。竹花屋の両どなりの八百屋と桶屋のあるじだった。日の出のころに、善七がハナと仁左につき添われ帰って来たのを見たのだ。

仁左、お沙世、お仙は同座していない。忠吾郎一人で対応している。この三人はあくまで忠吾郎を介して係り合っているだけで、仇討ちの助っ人など、微塵もおもてに出してはならないのである。

仇討ちは武士のみに許されたことである。竹花屋善七が土谷次郎左を討てば、恨み

からの人殺しになる。

お仙のときも、父・石丸仙右衛門は殺されたのではなく、黒永豪四郎に謀られたうえでの切腹だった。敵討ちとは見なされない。だが、十二年後に仇は討った。黒永屋敷に紛れこんでの、誰の手か判らない、巧みな殺しだった。

長い顔の八百屋と丸顔の桶屋は状況の説明を求め、

「竹花屋が縄付きになるなど、見ちゃおられやせん」

と、向後の相談に来ていたのだ。長屋の者はまえにも一度、善七が発作的に鉈を手に飛び出そうとし、お沙世やお仙やお絹に引きとめられたのを見ている。

忠吾郎は、

「夜明けごろだった。おハナさんがわしを呼びに来てなあ、街道に出たところで寄子の仁左と一緒に引きとめたのだ。そうだなあ。さんざん意見したのだが、うーむ」

演技ではない。ほんとうに苦慮しているのだ。

忠吾郎は言った。

「皆さん、竹花屋さんとは五人組でやすねえ」

町場にもそれはある。幕府の定めた連座制の相互監視の構造である。八百屋と桶屋は指摘され、逆にハッとした表情になった。忠吾郎はつづけた。

「目を離さねえでくだせえ。わしもここから見張っておりますで」

「仁左さんと、茶店のお沙世さん、寄子のお仙さんも、そうしてくれやすか」

「無理を言いなさんな。それぞれに仕事がありまさあ。お沙世もなあ。だがな、わしの得意先のお屋敷で聞いたのじゃが、あの乱暴な旗本に奉行所も目をつけているそうな。お上（かみ）が動きゃ、竹花屋がどんなにいきり立っても、もう手が出せなくなりまさあ」

「いつですかい、その旗本がお縄になるのは」

「そんなことは、わしにわかるはずがねえ。いまはとなり近所で見張る以外、方途はござんせんでしょう」

「うーむ」

　こんどは長い顔の八百屋がうなり、丸顔の桶屋が言った。

「仇（かたき）は本所松坂町と聞きやすが、できれば善七を助（す）けて打込みてえぜ」

　このあとすぐだった。まだ朝のうちである。仁左とお沙世、お仙が、八百屋と桶屋が腰を上げたばかりの居間にそろった。

　忠吾郎は言った。

「善七の胸の内は、わしらじゃ計り知れねえ」

「そのとおりです」

　お仙が言った。

　忠吾郎はうなずき、つづけた。

「事情がこうじゃ、猶予はならねえ。染どんと玄八に合力し、土谷次郎左の身柄をいったんお上の手に預ける以外、善七を封じることはできそうにねえ。このままじゃあの表店のお人ら、ただ混乱するばかりで、札ノ辻にどんな騒動が起きるかわからねえ。善七に仇をどう討たせるか、それはおいおい考えようじゃねえか。善七め、いまの昂ぶったままじゃ、仇討ちはできねえ」

　お仙には痛いほど理解できる言葉だったが、

「えっ、あのそば屋の玄八さんに合力？」

　問いを入れたのへ、忠吾郎は応えた。

「実は、やつは岡っ引でなあ。わしの人宿稼業にもよく合力してくれてなあ」

　横で仁左がうなずき、お沙世が補足するように言った。

「べつに隠していたわけじゃないのだけど、わざわざ言うまでもないと思って。それにこのこと、おクマさんとおトラさんは、まだ知らないことなので」

　お仙は得心したようにうなずいた。得体の知れない相州屋の一端を、垣間見た思いになったのだ。それをお仙が承知すれば、向後の策が進めやすくなる。仇討ちには、お仙はイザというときの、お沙世以上の重要な戦力なのだ。このとき名前の出た〝染谷〟も、同類と見なしたようだ。それはそれでよかろう。

策が練られた。岡っ引の玄八が言っていたように、次郎左はきょうもまた萬請負師の建部山三郎と連れ立って町場へ出かけるだろう。機会はいくらでもつくれる。忠吾郎は言ったものである。

「おめえさんら三人に任せるぜ。あとは染谷と玄八がうまくやるだろう。やつら、機転が利くでなあ。建部山三郎は当面、打っちゃっておけ。どうせやつは、てめえで墓穴を掘ることになろうよ」

仁左はうなずいていた。

五

三人は仁左の羅宇竹の音とともに出かけた。

街道に出て見送った忠吾郎は、そのまま茶店の縁台に座り、茶を出して来たおウメに、

「すまねえなあ、お沙世ちゃんをすっかりこっちの仕事に借りちまってよ」

「なあに、これもお沙世の性分ですから」

「それが世のためになるんなら、おもしれえじゃねえか」

奥から久蔵の皺枯れた声が聞こえた。

忠吾郎は恐縮の態になり、長煙管をくゆらせはじめた。街道のながれに目をやりながら、心中につぶやいた。

（次郎左なる若者、六百石の次男坊かい）

同情の念が含まれていた。自身は七百石の旗本家の次男坊で、嫡子がいまの北町奉行の榊原主計頭忠之である。

六百石の土谷家は、あるじの左主水が家督を嫡子の左一郎に譲り、隠居することを明らかにした。左一郎が土谷家の当主になれば、その日から次男の次郎左は兄・左一郎の家来となり、部屋住で兄に養われることになる。二歳になる甥は主筋の若さまである。かしずかねばならない。穀潰しのように邸内に部屋ひとつをあてがわれ、嫁取りなどできるものではない。年数を経て兄が隠居すれば、それからは甥が当主になり、その家来として朽ちて行くのだ。それが武家の次男、三男として生まれた者に定められた生涯なのだ。

（生まれたことが罪）

思わざるを得ない。そうして自暴自棄になり、厄介者となる。

忠吾郎はまだ次郎左の面を見たことはない。

だが、語りかけた。

（おめえもその口かい。わかるぜ。だがな、町場で町衆の幼子を馬蹄にかけるなんざ許せねえ。八歳の麻衣に、なんの罪があったというんだい）

長煙管の煙を大きく喫んだ。

その次男坊の住む屋敷に、仁左とお沙世、お仙は向かっている。忠吾郎がお仙に、そば屋の玄八が岡っ引だと話したことで、両国橋を渡ると松坂町へ向かう前に、そっとではなく堂々と元町の自身番に立ち寄ることができた。

自身番の前にそば屋の屋台があった。

「あら。玄八さん、来てるみたい」

お沙世が言い、自身番の腰高障子を開けた。寄付の部屋に遊び人姿の染谷が陣取り、その横にそば屋の玄八があぐらを組み、それと向かい合うように着ながしに黒羽織の、ひと目で八丁堀の旦那とわかる者が二人座し、自身番に詰めている町役たちは隅に追いやられている。

町役とはその町の地主や大店のあるじたちで構成され、それが町の政所で、自身番をとおして奉行所の差配を受けている。

いきなり若い娘が二人も入って来たので、八丁堀姿の同心二人は驚き、部屋のまんなかに陣取っている染谷に、羅宇屋の仁左が土間に立ったまま、

「おう、もう来てたかい。定町廻りも一緒たあ、呉服橋の大旦那は例の策、承知しなすったようだな。こっちも合力させてもらうぜ」

「おうおう、それはありがてえ」

などと、奉行直属の隠密廻り同心の染谷結之助が返したものだから、二人の定町廻り同心は驚いたように顔を見合わせ、仁左たちも部屋へ上がれるように腰をずらし、町役たちはますます隅に追いやられた。染谷と玄八を除く一同は、目つきの鋭い羅宇屋と娘二人を、奉行に直属する相応の者と見たようだ。

それがお沙世にはおもしろかったが、お仙は、

（あの染谷という遊び人姿の者、岡っ引などではない。もっと上の……）

思ったが、いまは策の遂行が第一である。質すのはひかえた。

さっそく策の打合せに入った。もちろん町役たちは別室に移らせ、話が洩れないよ

うにした。

　それからすぐ、土谷邸の表門前には玄八がそばの屋台を据え、その近くに羅宇屋の仁左が背の道具箱を降ろし、陽当りのいい地べたに休憩でもするように座りこんだ。カシャカシャと音を立てて周囲を歩き、客がついては困るのだ。

　お沙世とお仙は両国橋を引き返し、広小路の周辺に多い常店(じょうみせ)の茶店に入った。広場はちょっとした行楽地でもあり、常店の茶店ならお茶だけでなく菓子も頼めばけっこう長居ができる。さすがは両国広小路の茶店で外にまで出した縁台には赤い毛氈(もうせん)が敷いてあり、そうした茶店でゆっくりと茶菓子をつまみながら、

「わたしの茶店とは違うわねえ」

「そりゃあ、場所によりそれぞれに存在する理由があるのですから」

などと話しながら茶を飲んでいる姿が、この二人には似合った。

　染谷は八丁堀姿の定町廻り同心二人と、元町の自身番に陣取った。ここがこたびの本陣といえた。

　黒羽織の定町廻りは、おもてに姿は見せないが、配下の捕方(とりかた)を次郎左たちの立ちまわりそうな各所に配置している。このことからも、北町奉行所のこの件への力の入れようがわかる。なにしろ町方が、旗本の次男坊を捕縛し奉行所のお白洲に引き出そう

というのである。

　町場で幼い町娘を殺めた六百石の旗本の息子を奉行所が捕え、打首にでもすれば江戸中の町衆はやんやの喝采をするだろう。そのためにも口実をつくって取り押さえ、迅速にことを運ばねばならない。その第一歩が、お沙世とお仙にかかっているのだ。

「出て来たぞ」

「おっ、そうか」

　玄八が、昨夜からの疲れからか、日向でうつらうつらとしている仁左に声をかけた。次郎左が裏門のある路地から出て来たのだ。羽織袴に二本差の、れっきとした侍姿である。陽がそろそろ中天にかかろうかといった時分で、きのうよりいくらか早い。

　展開は予想したとおり、きのうとおなじだった。玄八が元町の自身番に走り、仁左が羅宇竹の音をひかえめにあとを尾ける。

　両国橋を渡る。尾行は仁左、玄八、染谷の三人である。

　次郎左は両国広小路を横切るように歩を踏んでいる。

　尾行の先頭は羅宇屋で、そのあとにそば屋の屋台がつづき、さらに遊び人がつづいている。これがときおり順番を替える。鉄壁（てっぺき）の尾行術だ。次郎左はお沙世たちの座っているすぐ前を通り過ぎた。若い娘が連れ立って茶店の縁台に腰かけているなど、広小路ではありふれた光景である。

仁左が近づいた。歩を進めながら縁台の娘二人に、

（あとへつづけ）

背後をあごでしゃくった。二人はうなずいた。

町場に入った。その先には、あの板塀の微禄の旗本屋敷がならぶ武家地が広がっている。

訪ねる先は判っている。建部山三郎の屋敷である。

次郎左は慣れたようすでその屋敷に入り、出て来たときは建部が一緒だった。

（さて、きょうはどこへ行きやがる）

と、尾行の先頭は染谷になっていた。

神田の大通りに出た。きのうはこの近くで強請（ゆすり）の無銭飲食を働いたのだ。

きょうは日本橋のほうへ向かった。

（こいつは都合がいい）

染谷は思った。日本橋を渡れば茅場町は近い。土地（ところ）の自身番を経ずとも、直接大番

屋に引き挙げ、すぐさま詮議を始められる。

尾行の一番うしろには、お沙世とお仙がつづいている。そのまたうしろには、八丁堀姿の定町廻りが、常に捕方の配置を考えながら飄々と歩いている。二人はときおり一人になる。遠くなった捕方たちを呼び寄せているのだ。その動きは次郎左と建部から遠く離れており、気づかれることはない。

尾けながら、染谷結之助は思いをめぐらせていた。

（きょうも無銭飲食か小遣い稼ぎだろう。次郎左が建部を訪ね、それから出かけるということは、建部が首魁で次郎左が従者か）

それは仁左も感じ取ったことである。

日本橋に近づき、往還はますます人通りが多くなる。町衆は武士の刀の鞘を、迷惑そうに避けながら歩を取っている。触れたりつまずいたりすれば、どんな因縁をつけられるか知れたものではない。

建部と次郎左は日本橋の手前の室町一丁目のあたりで、茶店に入った。というより、通りに出している縁台に腰かけた。ここも縁台には赤い毛氈が敷かれている。日本橋に近いせいか、沿道にはそうした茶店が多く、両国広小路よりも格式の高そうな構えである。

尾行の先頭はふたたび仁左になっていた。立ち止まり、背後に向かって手を上げた。

(ここで仕掛けるぞ)

その合図だった。このときの差配は仁左だ。

それはすぐさまお沙世とお仙にも伝わり、さらに背後の定町廻り同心にも伝わった。お沙世とお仙は仁左の立っている所に歩み寄った。背後の定町廻り同心二人の動きが慌ただしくなった。

六

建部と次郎左はおそらく、赤い毛氈の縁台で茶を飲みながら、きょうはどこの料亭に因縁をつけてやろうかと話しているのだろう。

横にならんだお沙世とお仙に仁左は言った。

「行きなせえ」

「はいな」

二人はいそいそと赤い毛氈の茶店に歩み寄った。二人とも町娘風で懐剣など持っていない。お仙はきょうの役割をよく心得ており、いきなり次郎左の刀を抜き取ったりはしないだろう。

　建部も次郎左も両刀を帯びたまま腰かけており、刀の鞘がとなりの縁台とのあいだにはみ出し、通路をふさいでいる。珍しい光景ではない。茶店の奥に入ろうとする客や茶汲み女はそこを避ければいいだけで、店の出入りをふさいでいるわけではない。

　だが、お沙世とお仙はわざわざ鞘でふさがれた通路に向かった。入った。お沙世の脛(すね)が手前の次郎左の鞘にあたった。本来ならあてた町人は青くなり、うしろへ飛び下がり平身低頭するものだが、この場の光景は違った。

「あら、じゃまね」

　と、お沙世はそのまま進み、奥の建部の鞘にも脛をぶつけ、

「あらあら、ここにも」

　次郎左と建部は、

（なんだ？）

　といった顔つきで上体をねじり、ふり返った。

　そこへお仙が、

「あら、ほんと。じゃまな刀だこと」

と、脛にあたった次郎左の刀をそのまま押しのけるように進み、

「まあ、ここにも」

「な、なんだ！」

二人の武士にとっては驚きである。あってはならない町人の〝無礼〟である。

「待て！」

「そこの女二人っ」

すでに次郎左と建部の怒りに火がついている。同時に立ち上がり、湯飲みが地に落ち音を立てた。

「きゃーっ」

これから起こる事態に、近くにいた茶汲み女は悲鳴を上げ、

「これは！」

奥から亭主が飛び出て来た。まっ青になっている。

お沙世とお仙は言った。

「あら。わたしたち、なにかしましたか」

「ああ、その刀ですね。武士がかように投げ出して。もっと大事になさいな」

「な、な、なにいっ」

「なんたる言いぐさ！　町人の、しかも女の分際で!!」

もう止まらない。

「そこへなおれ！」

次郎左は刀の柄に手をかけた。

「あわわわっ」

亭主は止めようと前へ出ようとするが足がすくんでしまって動かない。そこは日本橋に近い往来である。

「どうした、どうした」

「武士と町娘が言い合い!?」

野次馬が集まりはじめる。

お仙が言った。落ち着いているが大きな声だった。

「あらあら。武士が女に向かって刀を抜きなさるか」

武家の出で敵討ちまで果たした女だから、度胸は据わっている。

「ぬぬぬぬっ」

「よせっ」

刀の柄に手をかけたまま逡巡する次郎左を、建部は手で制した。

だが、日本橋近くの天下の往来で武士二人が若い町娘二人に愚弄(ぐろう)され、野次馬は増え、もう収まりがつかない。

策は第二の舞台に入った。

「どいてくだせえ。開けてくだせえ」

と、羅宇屋が道具箱の音とともに人垣を縫ってあらわれ、そのうしろに、

「へい、ご免なすって。前へ出させてくださいまし」

そば屋が屋台を担いだまままつづいた。もちろん仁左と玄八である。

二人は前面に出るなり言った。

「おう、お侍さんがた。さっきから見てたぜ。刀で通路をふさぎやがってよう」

「姐(ねえ)さんがた、えれえ災難だぜ。こんなのにからまれてよ」

「な、なにいっ」

刀に手をかけたまま、次郎左は羅宇屋とそば屋に向きを変えた。

受けるように仁左が道具箱にガシャリとひときわ大きな音を立てた。

「おや、抜きなさるかい。抜いてみなせえ」

「そばでも斬りなさるかい。仕事はいっぺえありやすぜ」

玄八は屋台を肩からはずし、その場に据えた。手前の次郎左から二、三歩の至近距

離だ。

「むむっ」

うなる若侍に、周囲は固唾(かたず)を呑んだ。

つぎの瞬間だった。

――ガシャ

屋台が倒れ、碗の壊れる音に、

「きゃー」

「おおぉぉぉ」

声が重なり、野次馬たちは数歩退(しりぞ)いた。

次郎左が建部の制止をふり切って踏込み、屋台を蹴り倒すなり刀をすっぱ抜いたのだ。

その瞬間を待っていたか、脇差を帯び着物を尻端折にした男が野次馬のなかから飛び出した。

「おぉ」

周囲から声が上がり、次郎左も建部も瞬時たじろいだ。尻端折の男の手にあるのは抜き身の脇差ではなく、朱房の十手だった。叫んだ。

「見つけたぞ、土谷次郎左！　街道は札ノ辻の狼藉！　馬で幼い娘を蹴り殺したはおまえであろう!!」

大音声だった。

札ノ辻でのうわさは日本橋を越え、室町にもながれている。

「あぁぁぁ」

次郎左は抜き身の大刀を手にしたまま、二人の女にふり返った。そのうちの一人があのとき茶店にいた女だと気がついたようだ。さきほどから、

（どこかで見た女）

思っていたようだ。

「おぉぉ、あいつかい」

「人殺しーっ」

野次馬から声が飛ぶ。女の声もまじっている。

明らかに次郎左はうろたえた。

建部が一歩踏み出し、刀を持ったままの次郎左の腕を取り、

「まずい、退くぞっ」

「ううぅっ」

十手を持った変装の役人は一人だ。逃げ切れると思っても不思議はない。

だが、野次馬たちの後方から、

「おぉぉぉ」

「これは早い！」

声が上がり、打込み装束ではないが八丁堀姿の同心二人に率いられた六尺棒の捕方が十人ほど、その場にわらわらと打込んで来た。

建部と次郎左はただ驚愕の態である。

染谷は十手を次郎左に向け、

「そやつだ」

「それっ、かかれ！」

応じるように定町廻り同心二人が十手を次郎左にふり向け、号令をかけた。捕方たちは手甲脚絆に鉢巻たすき掛けである。

「おーっ」

十人が一斉に次郎左一人に打ちかかった。その身はたちまち打ちかかる六尺棒の下になり、髷もくずれ刀を地に落とした。

定町廻り同心が染谷に言った。

「なんと、もうすこし骨があり、立ちまわりがあると思ってこれだけの人数を用意したのだが」

代わって玄八が応えた。

「へへ、染谷の旦那の大音声にこやつめ驚愕し、お沙世さんがいるのにも気がつき、動顛しちまったのですぜ」

そのとおりだった。

仁左とお沙世とお仙の姿がない。どさくさに紛れ、現場をさっさと離れたようだ。

もう一人の定町廻り同心が、捕方に起こし上げられた次郎左に言った。

「そなたは士分の身ゆえ、市中で縄目はかけ申さぬ。われらと同道されよ。すぐ近くでござる」

「ううう」

次郎左はまだ事態が呑みこめないようすで、なにかを找すように周囲を見まわし、首をかしげた。

押さえられたのは次郎左だけで、建部山三郎の姿がない。

「引き揚げいっ」

定町廻り同心が号令をかけた。白昼の、街中での捕物であった。

室町から日本橋を渡り、南詰の高札場(こうさつ)から脇道を八丁堀方面の東へ入れば、大番屋のある茅場町はすぐである。

七

この一行を、仁左とお沙世、お仙は、高札場の広場の隅から、確認するように見ていた。十手を手にした定町廻り同心が先頭に立ち、六尺棒の捕方が次郎左を囲むようにつづき、一番うしろにまた全体を見守るように、十手で手の平をぴしゃぴしゃと打ちながらもう一人の定町廻り同心がつづいている。そのうしろに、遊び人姿の染谷と股引に尻端折の玄八がつながっている。屋台は担いでいない。次郎左に蹴り倒され壊れたので、茶店に預けたのだろう。

往来の者には、この二人は一行とは別口のように見えるが、大番屋に入れば詮議の中心になるのは隠密廻り同心の染谷結之助であり、補佐するのは岡っ引の玄八である。なにをどのように尋問するかは、すでに仁左とのあいだで話し合われている。

一行が茅場町への枝道に入ったのを見送ると、仁左は道具箱を背負ったまま、お沙世とお仙に言った。

「すまねえ、ちょいと野暮用でなあ。さきに帰っていてくんねえ」

「あら、仁左さん。一緒に帰るのではなかったのですか」

お仙が怪訝な表情になった。

「だから野暮用でさあ。近くにまわらなきゃならねえ得意先があって」

背の道具箱にカシャリと音を立てた。

「いいじゃないですか。あとは忠吾郎旦那に首尾を話すだけですから」

お沙世は言ったが、仁左がこのあとどこへ行くのか知らない。羅宇竹に音を立てたから、ほんとうにお得意まわりと思ったのかもしれない。

お仙もうなずき、仁左は日本橋の高札広場で二人と別れた。

ここからが仁左の、誰にも話していない単独の行動である。胸中に、

(染谷どの、玄八どん。申しわけねえ)

念じていた。

忠吾郎はお沙世とお仙がさきに帰って来たことで、仁左がどこへ行ったか勘付くかもしれない。あるいは、すでに予測しているか……。

これについて仁左は、忠吾郎に言っていた。

きょうのことである。未明に善七が鉈を握って飛び出し、二人で連れ戻したあと、

忠吾郎は居間で仁左、お沙世、お仙に言った。

「――善七に仇をどう討たせるか、それはおいおい考えようじゃねえか」

このとき仁左の胸中には、すでに善七に仇討ちをさせるための策が浮かんでいた。

お沙世とお仙が座をはずしたとき、

「――町場で刀を振りまわした咎で捕まったんじゃ、うわさにもなりやせんが、捕物のとき染谷どんに、札ノ辻での子供殺しの科人であることを大声でわめいてもらえば、うわさはすぐに広まりまさあ。そうなりゃあ、お城のお目付は黙っちゃいねえでしょう」

「――そこに、仇討ちの機会が見つけられると？」

忠吾郎は期待するものを感じたか、問い返した。

「――へえ」

仁左は短く応えた。話はそこまでで、このあと仁左はお沙世、お仙と連れ立って本所へ向かったのだった。

仁左の脳裡にある策では、捕物の現場が日本橋に近い繁華な町場になったことは、願ってもない舞台配置だった。しかも染谷は願ったとおりの叫びを上げてくれて、野次馬からも即座に反響があった。

お沙世とお仙の二人と別れた仁左は、つぎの舞台に向かって歩を進めた。

陽が捕物のときより、かなり西の空に入っていた。

仁左はどこで着替えたのか、二本差の羽織姿になり、髷も結いなおし、江戸城本丸御殿の表玄関の前にあった。そこには入らず、右手のほうの徒目付の詰所に向かった。本来の大東仁左衛門に戻っていたのだ。

すぐだった。目付部屋で青山欽之庄と対座していた。

「まったくおまえは、いつも不意打ちのように来るのう」

と言う青山欽之庄の口調は、有能な徒目付である大東仁左衛門への期待に満ちていた。

「はっ、緊急事態でありまして」

「ふむ、なにごとじゃ。申してみよ」

「かねて探索しておりました旗奉行土谷左主水さまの次男、次郎左どのが本日午過ぎ、町方の手に落ちましてございます」

「なんと！　詳しく申せ」

青山欽之庄はひと膝まえにすり出た。

大東仁左衛門の仁左は、その場所が日本橋に近い室町の茶店で、萬請負師のうわさがある旗本小普請組の建部山三郎と同道しており、町娘に言いがかりをつけ抜刀し、そば屋の屋台まで壊したところ駈けつけた町方に捕縛され、茅場町の大番屋に引かれ、建部山三郎は取り逃がしたと語り、

「目下、大番屋で次郎左どのの詮議が進みおるものと推察いたしまする」

「ふむ、即座につかむとはさすがは大東仁左衛門じゃ。まさしく緊急を要する。おまえはすぐさま町場に戻り、茅場町の詮議のようすを探ってまいれ」

「はっ」

仁左の大東仁左衛門は新たな拝命に平伏し、急ぐように江戸城本丸御殿の目付部屋を辞した。

仁左の言葉どおり、茅場町での詮議は進んでいた。

町場で不逞な者や挙動不審の者を捕えれば、まずその町の自身番に引き挙げ、軽い諍(いさか)いなどはその場で叱り置いて放免となるが、刃物や窃盗などがからめば大番屋に引き、そこには牢屋の設備や牢問(ろうとい)の諸道具もあって厳しい詮議がなされ、そこで罪科が明らかになれば奉行が入牢(じゅろう)証文を書き、いよいよ小伝馬町の牢屋敷送りとなる。

入牢証文まで、けっこう日数がかかる。相手が土分なら、そのあいだにいずれかより横槍が入る。奉行の榊原忠之は、端から土谷次郎左を小伝馬町送りにし、奉行所のお白洲に引き出す算段であるが、入牢証文には科人が署名した口書を添えなければならない。奉行が早急に入牢証文を作成できるかどうかは、大番屋で次郎左を詮議する染谷の腕にかかっている。

だからといって、竹刀で叩いたり石板を膝に乗せたりの牢問にかけるのは、確かな証拠固めができないからだ、と同心の恥とされている。

うしろ手に縛りあげ、土間に座らせているのではない。板敷きの間で、縄もかけず向かい合っている。着ながしに黒羽織の八丁堀姿に着替え、髷も結いなおしていた。次郎左は染谷のその姿に得心したような顔になったが、さきほどから言い張っている。着物の乱れも、くずれた髷もそのままである。

「俺をこんな目に遭わせ、ただで済むと思うな。屋敷へ連絡させろ」

染谷は取り合わない。それよりも、増上寺の門前町や田町の札ノ辻で嫡子の名を騙ったとき、現場を見ていた者を連れて来ようかと言ったとき、次郎左は明らかに動揺を見せた。さきほどそれらしい女を見かけているのだ。

（謀られたか）

思いもしている。だが、口に出せない。出せば、自白したも同様となるではないか。

染谷がやりとりのなかでさりげなく、

「一緒にいたのは、小普請組の建部山三郎だな。あの者はおまえを見捨て、一人で逃げたぞ」

言ったとき、

「うううっ」

次郎左はうめき、極度の戸惑いから、なにかを逡巡(しゅんじゅん)するようすになった。

(落ちる)

染谷は確信を持った。

陽が西の空に大きくかたむき、そろそろ日の入りを迎えようかといったとき、次郎左は板の間を這(は)うように染谷ににじりより、声をしぼり出した。

「あ、あいつが悪いんだ。あ、兄上の悪い評判が立てば、廃嫡(はいちゃく)され、じ、次男の俺が家督を継ぎ、旗奉行にもなれる……と。み、みんな、あいつの差配でやったのだ。札ノ辻で、あの女童が死ぬなどとは思うてもいなかった。なにもかも、あいつ、建部山三郎に言われてやったことなんだ！」

最後は絶叫するような口調になっていた。

どうやら建部山三郎は、萬請負師の名のとおり、土谷次郎左の〝出世〟を請け負っていたようだ。

一日の終わりを迎え、慌ただしくなった街道に歩を踏み、長く引いていた影がふっと消えたのは、札ノ辻のすぐ手前だった。

羅宇屋に戻っていた仁左は、背の道具箱にカシャリと音を立て、

「暗くなる前に帰れてよかったわい」

つぶやいた。

すぐ横を町駕籠が追い越して行った。

久蔵が外に出した縁台をかたづけ、おウメが暖簾を下げていた。

「すまねえ、きょうもお沙世さんにつき合ってもらってよ。さきに帰(けえ)ったと思いやすが」

「ああ、いまお向かいの旦那と話しこんでいるよ。お仙さんも一緒のようだ」

声をかけたのへ、久蔵が縁台を持つ手を休め応えた。

「そうですかい。そんなら、あっしもちょいとのぞいて来まさあ」

仁左は羅宇竹の音とともに、寄子宿への路地に入って行った。

お沙世とお仙は、裏庭に面した居間にいた。もちろん忠吾郎もそこにいる。二人は捕物の首尾を詳しく話したことであろう。

羅宇竹の音が聞こえたか、お沙世が立って障子を開け、

「お得意先まわりって、何軒まわっていたのですか。遅かったじゃないですか」

言いながら縁側に出て来た。

「おう、戻ったかい。上がりねえ」

部屋の中から忠吾郎の声が飛んで来た。

「いやあ、一軒、つい長ばなしになったところがあって。すっかり遅くなっちまいやした」

言いながら仁左は縁側に腰を据え、手拭で足を払って座についた。

このとき忠吾郎は、仁左の言った〝長ばなしになった〟一軒が、江戸城の目付部屋であることに気がついていたかもしれない。だが、

「そうかい。それはご苦労さんだったなあ。それよりもこのあとどうするか、それを相談しようと思って、おめえの帰り（けえ）を待っていたのだ」

と、問い詰めることはなかった。やはり、仁左がみずから話す日を待っているの

だ。

話は〝このあとどうするか〟だが、きょう次郎左が奉行所の手に落ちたばかりである。このあとの展開がまだ読めない。きょう実行した策のように、具体的にどうするかは話しようがない。

お沙世とお仙は竹花屋に行き、善七にきょうの捕物を話したという。善七は表情を変えず、

「――その若侍、打首ですかい。俺が打ち役をやりてえ」

言ったというが、これで善七が鉈を手に飛び出すことはもうないだろう。奉行所の動きを見ながら、策を考える時間的余裕は得られた。善七が〝打ち役をやりてえ〟などと言ったとしても、まさか大番屋や牢屋敷に打込むような真似はしないだろう。

仁左は暗くなりかけた部屋の中で言った。このあとの奉行所の動きに影響しそうな内容だった。

「お沙世さんとお仙さんが帰ったときにゃ、まだ話は街道にながれていなかったでやしょうが、あっしの通ったときはもうけっこうながれており、道々拾ってめえりやした。若い武士が室町の茶店で刀を抜いたことよりも、札ノ辻の人殺し野郎がお縄になったって。これがお城のお目付の耳に入らねえはずはござんせんや」

「えっ。それじゃお城のお目付が、なんらかの口出しをすると?」

お仙が問いを入れた。

仁左は返した。

「おそらく」

忠吾郎は思ったものである。

(やはりおめえ、小細工をしやがったな。おもしれえぜ)

秘かに期待を寄せた。


部屋は行灯の灯りのみとなり、そろそろ居間の談合がお開きになりかけたところへ、表玄関ではなく、直接路地を入って灯りのある居間に、

「まだ起きておいででやすかい」

玄八の声だった。老けづくりはしているが、屋台は担いでいない。壊れたままなのだろう。提灯を手に、いくらか息せき切っている。

「これは仁左の兄イだけじゃなく、お沙世さんにお仙さんも一緒でしたかい。ちょうどよござんした」

言いながら座についた。きょう昼間、ともに息の合った芝居を演じた仲間である。

互いに遠慮はいらない。淡い行灯の灯りのなかに、

「染谷の旦那が、相州屋のお人らにも早う知らせてやれとね。へへ、次郎左の野郎、お沙世さんや、ここのおクマさん、おトラさんに、助っ人に来てもらうまでもなく、落ちやしたぜ」

「ほおう」

「まあ、それは」

忠吾郎につづきお沙世も声をあげたが、それは決して座をなごませるものではなかった。むしろ、部屋の緊張は高まった。

玄八はつづけて、大番屋での詮議のようすを話した。次郎左が〝左一郎〟の名を騙ったのは、兄を陥(おとしい)れ自分が嫡子に取って代わるためだったことに、

「なんと愚(おろ)かな!」

お仙が吐き捨てるように言い、すべて罪を建部山三郎になすりつけようとしていることにも、

「人としても、ますます許せませぬ」

強い口調で言った。

「そこまでとは、部屋住の悲哀も、もはや憐れを通り越しているなあ」

忠吾郎はぽつりと言った。

建部山三郎がどこまで次郎左に係り合ったのか、萬請負師としての仕事だけとは思えないが、

「そこまではまだ。おいおい判明しやしょう」

とのことだった。

話し終わり、玄八が満足そうに帰ったあと、お仙が心配げに言った。

「お城のお目付は、いかように出ましょうか。奉行所での詮議に支障が出ねばいいのですが。それに、善七さんに仇を討たせる機会、めぐって来ましょうか」

(その機会をつくるために、目付の横槍が必要なんですぜ)

仁左はのどまで出かかったが呑みこみ、

(すまねえ、染谷どのに玄八どん)

また胸中に念じた。

忠吾郎は問いを入れたお仙に、

(この者、お沙世以上に影走りの仲間になってしもうたなあ)

思ったものである。

お仙だけでなく、いまお絹と宇平までが、影走りの間者(かんじゃ)として土谷邸に入りこんで

いるのだ。

四　燻り出し

一

思ったより早く、土谷次郎左は落ちた。

その要因は、詮議のなかで染谷が〝建部山三郎の裏切り〟を示唆したところにあった。だが、染谷結之助の詮議が、これで終わるはずがない。

次郎左の供述は逐一、奉行所に報せを入れている。

奉行の榊原忠之は与力をとおし、

――目下、入牢証文を作成中なり。余罪も調べ、口書は完璧を期せよ。深夜に至るも可なり
染谷に伝えていた。

次郎左が署名した口書が完成するのは、深夜になろうか。忠之の署名した入牢証文はすでにできていよう。ならば次郎左の牢屋敷送りは、あしたの朝になろうか。

染谷は迫った。

「そなたはきのうもきょうも、町場で不逞を働いておったが、そのとき〝左一郎〟を名乗らなかったは何故か」

「まさか、死ぬとは思うておらなんだ。だからそれ以降は名乗りをひかえ、数日を経てから、また名乗るつもりだった。それもすべて、建部山三郎が立てた策なんだ。すべて建部の考えたことで、俺はそれに従っただけだ。建部め、小普請組の分際で、この俺を謀りおって。なにもかも、あいつが、建部が悪いのだあっ」

「そうか。そうであろうなあ」

染谷は次郎左が悔しそうに語り、あるいは絶叫する内容を文字に起こした。口書の作成である。

すでに外は暗く、板敷きの部屋には行灯のほかにも油皿の灯芯に火がともされ、文机には蠟燭が立てられている。

本所元町の自身番で、仁左と染谷の立てた策は、成功したようだ。建部は逃がす……。〝建部山三郎の裏切り〟を、次郎左に植えつけるための策だった。

だが、口書に署名する段になると、次郎左は蠟燭の炎が揺れる文机に向かい、筆は取ったものの、そのさきはためらった。

無理もない。口書に署名すれば、罪状は確定する。お家はどうなる。家督を継ぐどころではない。勘当か……。赦(ゆる)されて仏門？　それとも……切腹。次郎左の脳裡に渦巻いていよう。

染谷は言った。

「建部山三郎は、あすにも捕縛されよう。詮議は大番屋(こ)(こ)になるか、お城の評定所になるかは知らぬ。だが、言うことはわかっておる。知らぬ存ぜぬ……とな。さすれば、すべてはそなた一人(いちにん)のやったことになるぞ」

「ううう っ」

次郎左は筆を持ったままうめいた。

染谷はつづけた。

「ここでそなたがこの口書に署名し、建部の罪状を明らかにしておかねば、そなたの切腹は免れぬぞ。いや、打首かもしれぬ」

「うう、打首！」

次郎左はうなった。

切腹は自裁であり、人の手によらず自らを裁く……刑罰ではない。武士にのみ許された作法である。それが打首……、士分を失い自裁もできない罪人に落ちたことを意味する。武士として六百石の家名を継ごうとしていた次郎左にとって、これ以上の屈辱はない。

「いかがか」

染谷にうながされ、

「……くくく」

のどから声にならない声を洩らし、次郎左は書面に筆を動かした。

すでに町々の木戸が閉まり、人の影が絶える夜四ツ(およそ午後十時)を過ぎていた。

札ノ辻から戻って来ていた玄八はそれを聞き、

「次郎左をひと晩ここにとめおき、あしたには小伝馬町送りになりやすねえ」

満足そうに言った。二人とも今宵は大番屋泊まりである。

このとき、榊原忠之は奉行所の奥の部屋で、染谷からの口書完成の連絡を待ちながら、文机の上に置いた入牢証文を凝っと見つめていた。署名とともに捺した花押も、すっかり乾いている。その念頭に、

（建部山三郎……、一緒に捕えておくべきだったかのう。いや、結果は変わるまい）

思いをめぐらせていた。

建部は昼間、室町一丁目の茶店で、いきなり捕方に打込まれたときには驚いた。捕方が次郎左に集中したのをさいわい、ともかく野次馬に紛れ、逃げたというよりもその場を離れた。

急ぎ足で両国広小路に近い屋敷に向かった。

歩を踏みながら、思えて来る。十手をかざした隠密廻りらしい町方は、確かに叫んでいた。

「――土谷次郎左！　街道は札ノ辻の狼藉（ろうぜき）！」

町方は札ノ辻の件で〝土谷次郎左〟を割り出している。すでに〝左一郎〟を名乗っての家督奪取の策は、頓挫（とんざ）したことになる。

建部の足はふらついていた。ふらつきながら、屋敷に逃げ帰る以外にない。

帰った。蒼（あお）ざめた顔は、家人がどこか具合が悪いのかと心配するほどだった。

よもや武士の次郎左が町方の番屋で詮議を受けることはあるまいと思いながらも、落ち着かない。

実際、札ノ辻で女童を死なせてしまったのは、大失態だった。だが、それをやったのは次郎左である。建部が言ったのは、

「――人の多い街道を馬で疾駆するだけで顰蹙ものだ。そこで名乗りを上げなされ」

それだけである。

(俺になんの咎があろう。悪いのは次郎左だ)

逃げ隠れせず、屋敷で悠然と構えることにした。

夕刻になってからである。お城の目付より使者が来た。書状を携えていた。

――建部山三郎、追って沙汰あるまで蟄居を命じる

禁足令である。建部は蒼ざめた。

おなじころ、若年寄内藤紀伊守信敦からの急使が、呉服橋御門内の北町奉行所に走っていた。内濠の大手門から外濠の呉服橋御門まで、ほんのひと走りである。玄八が次郎左の落ちたことを相州屋に伝え、染谷が口書の完成もあとひと息と感じはじめた時分だった。

老中からの下知である。

――本日捕えし土谷次郎左なる者、旗奉行土谷左主水の子息なれば、早急に土谷邸

に戻されたい。この者には目付より即刻蟄居を命じ、追って評定所において詮議いたすべし

やはり来た。次郎左を土谷邸に移し、蟄居のうえ城内竜ノ口（たつのくち）の評定所で詮議し、処断されよう、と奉行所支配の若年寄が言って来たのだ。

従わざるを得ない。

「ふふふ」

忠之は文机を前に、ひとり苦笑した。

放免するのではない。胸中に念じた。

（染谷よ、おまえの尽力。無駄にはせぬぞ）

評定所での詮議には町奉行も同座する。忠之は大番屋でまとめ上げた口書を、動かぬ手証（てしょう）として評定の場に提出する算段である。次郎左も建部山三郎も、切腹は免れないだろう。

忠之が苦笑したのは、そのことに対してではない。

若年寄の動きは、あまりにも迅速だった。そこまで忠之は予測していなかった。考えられるのはただ一つ、目付の青山欽之庄がいち早く城下の動きをすくい取り、ただちに城内で若年寄に働きかけたのであろう。青山欽之庄が鋭敏（えいびん）な人物であることは、

忠之はよく知っている。

ならば、誰が青山欽之庄に知らせたか。そこに苦笑したのだ。

忠之は気づいていた。苦笑し、念じたものである。

(忠次よ、いやさ忠吾郎よ。おまえも大変な者を手許に置いておるなあ)

相州屋の寄子宿で、

「ハアクション」

仁左は大きなくしゃみをし、

「すまねえ。染谷どんに玄八どん」

またつぶやき、あらためて掻巻にくるまった。

二

朝が来た。井戸端がさみしい。お絹と宇平が敵地に入っているのだ。

仁左が緊張を押し殺し、

「さあ、つぎは誰でえ」

と、白い息を吐き、釣瓶でおクマ、おトラ、お仙の桶にも水を汲む。

「ひー、冷たい」

おクマが朝の水をバシャリと顔にあて、

「仁さん、きょうはどうするね。二人とも元気そうだったけど、やっぱり心配で」

「そう。あのお屋敷、裏手の縁側で煙草のにおいがしたから、仁さんが行きゃあ、きっといい仕事になるよ」

おトラも言い、

「よし、そうするか」

仁左は返した。というより、端からそのつもりだった。おクマとおトラは、自分たちが屋敷内で見聞したものが、どれだけ重要だったかに気づいていない。

「これであたしら、安心して近場をまわれるよ」

と、おクマ。やはり本所は二人にとって、つづけてまわるには遠いようだ。

土谷邸はきのうから、緊張に包まれているだろう。目付の青山欽之庄は、早急に手を打ったはずである。それが土谷邸にどのようにあらわれているか、直接確かめたいのだ。仁左が胸中に、染谷と玄八に詫びなければならないのはそこにあった。

「わたくしも」

お仙が手拭で顔を拭き、鬢のほつれを手で撫でながら白い息を吐いた。

「竹馬の古着売りができればいいんでやすがねえ」

仁左は返した。お仙にそれができるはずはない。

(近いうちに、きっと出番がありまさあ)

言っているのだ。きょうはきのうの午後のように、

(一人で動きたい)

のである。

このあと、道具箱を背負って街道に出た仁左に、

「きょうはどこをまわる」

茶店の縁台に出ていた忠吾郎が腰を上げた。昨夜、玄八が大番屋のようすを知らせに来たが、それ以降の推移は仁左も忠吾郎も知らない。それを仁左は確かめに行こうとしているのだ。

両手をうしろにまわし、背の道具箱にカシャリと音を立て、

「ああ、きょうも本所でさあ」

「そうか。首尾ようにな」

忠吾郎は返した。

(ここは一つ、なにも訊かず、仁左に任せるか)

思っている。

お沙世も盆を小脇に忠吾郎の横に立ち、お仙も路地から出て来て、カシャカシャと遠ざかる仁左の背を見送った。

きょう一日お沙世は茶店の仕事に戻り、お仙は宇平がいつ戻って来てもいいように古着の繕いをし、ときおり二人そろって竹花屋へ善七のようすを見に行くことだろう。土谷次郎左が大番屋に引き挙げられ、

「――あしたにも、小伝馬町の牢屋につながれるでしょうねえ」

と、お沙世とお仙が善七にきのうのうちに伝えており、ひとまず小康を保つとみてよいが、職人気質の善七の性格から、まだ安心はできない。

羅宇竹の音が日本橋に近づいたとき、

(寄ってみるか)

思ったが、

(いや。出しゃばった真似はしねえほうが……)

と、そのまま街道に歩を進めた。

日本橋の江戸繁盛を示す大八車や下駄の響きに羅宇竹の音を添え、室町一丁目の、

きのうお沙世とお仙、玄八と息の合った芝居を打った茶店の前を通った。

(すまねえ、迷惑をかけちまって)

歩を踏みながら、ここでも胸中に詫びた。

両国橋を渡った。

陽はかなり高くなっている。

元町の自身番に寄ろうかと思ったが、

(きのうのきょうだ。来ているはずがねえ)

染谷と玄八である。

羅宇竹の音は回向院の横を抜け、松坂町二丁目に入った。煙管のご用はないか、商いをしかけて屋敷内をのぞこうと思っている。だが、おとといおクマとおトラが入った、土谷邸の裏門の路地に向かおうとして、

(あれ?)

歩を止めた。表門の見える町場に、そば屋の屋台が出ている。

「また、どうして!」

羅宇竹の音が一段と高くなり、そば屋の屋台に近づいた。玄八である。

「おおう、来たかい。一杯、つけようか」

「一杯つけようかじゃねえぜ。なんでいまごろここに」

いまごろは茅場町の大番屋を足溜り(あしだま)に、染谷の差配で次郎左の悪行の裏取りに走っているはずの玄八が、土谷邸の表門の前に屋台を据えている。

「そのまま聞きねえ」

と、老けづくりの玄八は話しながらそばを入れ、仁左はそれを焦(じ)れったそうに待つ客になった。

「なんと!」

仁左は聞いて驚いた。

昨夜、染谷が口書(くちがき)を作成し次郎左が署名したところへ、呉服橋の奉行所から与力が茅場町の大番屋に飛びこんだ。与力は奉行の榊原忠之の下知を口頭で伝えた。

「――あす早朝、次郎左を土谷邸に戻すべし」

染谷も玄八も仰天した。

御用提灯をかざす玄八を供に、深夜の往還を呉服橋へ走った。

奉行の忠之に詰め寄った。

次郎左は放免ではなく、蟄居で追って評定所で尋問されることになり、建部山三郎にも同様の沙汰が出て、

「――おまえが尽力した口書、無駄にはせぬぞ」

と、忠之の言葉が、いくらか染谷と玄八の気をやわらげた。

「へい、お待ちどお」

そばがゆで上がった。

仁左は急ぐように、

「あちちちっ」

音を立てて手繰(たぐ)った。

玄八は語った。

きょう日の出とともに、土谷邸から受取りの権門駕籠(けんもんかご)が来たという。使者は土谷家用人の堀井兵衛だった。駕籠には罪人の護送を示す網がかけられた。

「次郎左も受取りの兵衛も、顔面蒼白だったぜ。もちろん俺は陰に隠れて、兵衛さんに面をさらさねえようにし、護送の一行のあとに尾いて、ここまで来たって寸法よ。やつら、表門を入らずに、裏門からそっと入りやがった(へえ)たい」

「そのまま、ここで動きを見張っているのかい」

「そういうことさ。屋敷が逃がすことはねえだろうが、次郎左が勝手に逃げやがったらコトだからなあ」

「それじゃ、染谷の旦那も元町の自身番に？」

「そう、詰めなさってらあ」

玄八はいまいましそうに応えた。

きのう仁左が次郎左の捕縛を目付の青山欽之庄に報せたあと、青山も若年寄の内藤紀伊守も、仁左の予想を超えた速さで動いたようだ。

（すまねえ。染谷どん、玄八どん）

胸中で詫びるのは、これで幾度目になろうか。すべては竹花屋善七に仇を討たせるためである。

仁左はそばを手繰り終え、往来人や町の者からは、二人が立ち話でもしているように見える。

「きょうは、このめえのおクマさんやおトラさんみてえに、俺が入ってお絹さんと宇平どんから中のようすを聞こうと思ってたんだが」

「よしねえ。立て込んでるぜ。なにぶん、六百石の土谷家そのものが存続するかどうかの瀬戸際なんだ。さっきも貸本屋がそこの路地に入り、すぐに出て来やがった。裏門を叩いただけで、門番から追い返されたってよ。若え中間てえ言ってたから、宇平どんじゃねえ」

そのとおりだろう。おそらく目付から土谷家に下知があったのは、きのうの夜だろう。あるじの土谷左主水も嫡子の左一郎も奥方たちも、眠れぬ一夜を明かしたことだろう。けさ早くに権門駕籠を出しても、罪人の網をかけられ、しかも蟄居と目付から下知されているのでは、いそいで座敷牢かそれに近いものを造らねばならないだろう。

「大工(でえく)は入(へえ)ってたかい」

「わからねえ。ともかくきょうは中へ入(へえ)って探りを入れるのは無理だぜ」

「仕方ねえ。白壁の外をながして引き揚げるとすらあ。おめえはどうする」

「ああ、あとしばらくここにいて、なにごともなけりゃ帰(けえ)らあ。お目付の沙汰は謹慎だ。もし次郎左を不憫(ふびん)に思って逃がしたりすりゃあ、お上(かみ)の下知に背(そむ)いたとして、土谷家そのものが吹っ飛んでしまわあ」

「違(ちげ)えねえ。それじゃ俺はちょいとそのあたりをまわるだけにすらあ。ともかく向後の連絡はこまめにしようぜ」

と、仁左はその場を離れ、土谷邸の裏門の路地に向かった。角を曲がるとき、ふり返って手を上げた。玄八も手を上げて応えた。その仕草に、

（すまねえ）

また詫びた。いまさっき玄八に〝連絡はこまめに〟などと言っておきながら、染谷や玄八に知られてはまずい動きを、ふたたびしようとしているのだ。

路地に入り、屋台は見えなくなった。

ゆっくりと歩を進め、背の道具箱の音を大きくした。屋敷内の者には、近くに羅宇屋の来たことがわかる。さらに声を上げた。

「きせーるそーじ、いたーしやしょーっ。らーう竹、すげ替えやしょーっ」

お絹と宇平に、仁左が来たことを知らせているのだ。声だけでも、二人には大きな励ましになるだろう。いま屋敷全体が激震に見舞われ、奉公人たちも困惑の極みに達しているはずなのだ。

音を立て、触売の声をながしながら、ゆっくりと裏門の前を通り過ぎた。閉じられているのが、きょうは不気味に感じられる。朝早く、罪人の網をかぶせた権門駕籠がそこを入ったのだ。

道具箱の音と触売の声はなおもつづく。お絹か宇平か、どちらかには聞こえていよう。周囲に音といえば、この二つしかないのだ。

背後に戸の音が聞こえた。

ふり返った。裏門の潜り戸から、中間が出て来た。

「羅宇屋さーん、待ってくだせー」

宇平だ。裏門にも門番はいよう。聞こえるように、

「これはお中間さん、ご贔屓に。おありがとうございやす」

声を上げ、背に音を立てながら小走りに近づいた。

宇平も時間を惜しむように小走りになっている。

二人は路地に立ち話のかたちになった。宇平は報告したいことがいっぱいあるはずだ。しかし仁左は即座に言った。

「なにも言うな、聞け。すべてわかっている」

宇平は驚いた顔になった。

かまわず仁左は早口に低声をつづけた。

宇平の顔が緊張に変わった。

これからの策を話したのだ。

潜り戸から、別の中間の顔がのぞいた。警戒しているわけではない。ただのぞいただけという風情だった。仁左は口調を変えた。

「へい、ありがとうございやす。それなら数日後、まためえりやす。そのときにはよ

ろしゅう」

さっきのぞいた中間にも聞こえているだろう。

ふたたび仁左は背の音とともに触売の声を上げ、宇平は急ぐように裏門に戻った。

宇平に授（さず）けた策は、すぐお絹にも伝わるだろう。お絹と宇平なら、

（きっとうまくやるはずだ）

仁左は確信している。二人ともお仙の敵討ちで、すでに経験済みなのだ。

三

表門の見える往還に出たが、玄八の屋台はもういなかった。あるじの土谷左主水が軽挙なことは考えないだろうとみて、元町の自身番に引き揚げたのだろう。

仁左の足は本所界隈で商うでもなく、もと来た道を返した。

元町を通るとき、自身番に立ち寄ろうかと思ったが、素通りした。さきを急ぐ身である。立ち寄れば、おそらく染谷と玄八がそこにいるだろう。

（合わせる顔がねえ）

思えてきたのだ。

両国橋を渡った。

陽は中天にかなり近づいている。

仁左の身は江戸城本丸御殿の表玄関前にあった。羽織袴に二本差の武家姿である。右手に向かった。徒目付(かちめつけ)の詰所と目付部屋の方向である。

徒目付の大東仁左衛門が来たと聞いて、目付の青山欽之庄はすぐさま時間を取り、

「来ると思うておったぞ」

と、一室で余人をまじえず対面した。〝すぐさま町場に戻り、茅場町の詮議のようすを探ってまいれ〟と、仁左の大東仁左衛門は青山欽之庄から拝命している。おもて向きはそれの報告だった。だが、その必要はなかった。青山欽之庄は言った。

「さすが北町奉行の主計頭(かずえのかみ)どのは優(すぐ)れ者よ」

と、一通の書状を示した。染谷結之助が認(したた)め、土谷次郎左の署名した口書(くちがき)の写しだった。その内容は、すでに玄八から聞いている。きょう目付を訪ねたのは、それの報告が名目だったが、真の目的は評定所の動きを探るところにあった。

仁左は示された口書の写しに、

「これは！　さすがは町方。よく調べたものでございます。それがしの得たものより

詳細にございます」

と、報告の不要となったことをいくらか残念そうに言い、

「この写しがあれば、即刻、土谷家の次郎左と建部山三郎なる小普請組の者を、評定所の吟味にかけられましょうなあ」

「ふふふ。両名の所業は、この口書に記されただけではない。とくに建部山三郎なる者は、すでにおまえの同輩が武家地を探索し、さまざまな罪状を報告して来ておる。おまえも知ってのとおり、大名家の絡んだものもあり、旗本や各藩の勤番侍が係り合ったものもあってなあ。萬請負師などとふざけた呼び方までされ、そのほとんどが大目付さまやこの目付部屋で吟味し、処断すべきものばかりじゃったわい」

「はっ」

目付の青山欽之庄は動きも迅速だが、手証固めも仁左の想像以上だった。言葉はさらにつづいた。

「それを仲裁だのまとめるだのと喙をはさみ、闇で仕切って金銭を得ておったのじゃ。なかなか目端の利く男のようじゃが、探索させた徒目付たちによれば、そやつめおなじ小普請組の同輩たちには、自分が近いうちに出世し、高禄を食んで屋敷替えになるなどと豪語し……」

仁左も、染谷や玄八と聞き込みを入れたとき、耳にしたことである。

青山はつづけた。

「それがいったいなにを意味するのか、すでに手証は得ていてなあ。萬請負で得た裏の金を、要路への賄賂に使うておったようじゃ」

ここに至れば、たとえ隠密廻りといっても染谷ら町方の手の負える範囲ではなく、徒目付であっても町場に身を置いておれば、探索の手を入れるのは困難だ。そこに青山欽之庄は探索の手を入れていた。目付の役務が旗本支配であれば、きわめて自然なことであり、やらねばならないことでもあった。

仁左は問いを入れた。

「ならば評定所での吟味は、かなり大掛りな……。建部山三郎から鼻薬を嗅がされていたお方らも……」

応える青山欽之庄の歯切れは悪かった。

「徹底すれば、どこまで広がるか知れたものではないでのう。早くも建部を処断し、この件の幕を引けとの声が、あちこちから聞こえて来ておってのう」

『あちこちとは、どのようなお方たち……』

仁左は訊こうとしたが、呑みこんだ。徒目付の訊くことではない。問いを変えた。

「土谷家の次男、次郎左はいかが相なりましょうか」

　これを訊きに、仁左はきょう来たのである。

　応えは、土谷家に同情的だった。

「主計頭どのからいただいた口書によれば、まったく馬鹿なやつとしか言いようがないが、土谷左主水どのも出来の悪い子息を持たれたものじゃ」

「はっ、私もさように……」

　徒目付が上司に感想を述べるなど、これもあってはならないことである。仁左は途中で口をつぐんだ。

　青山はつづけた。

「なにぶん、将軍家の御旗奉行じゃ。なかったことにできぬこともないが……」

（うっ）

　仁左は心中に息を呑んだ。

（なかったこと!?　殺された麻衣はどうなる。善七とハナの無念は考えておいでか）

　瞬時、脳裡をめぐった。

　青山の言葉はつづいた。

「次郎左め、建部山三郎と係り合うたのがまずかった。建部とともに処断せねばなるまい。なにしろ建部は小賢しくも、われらが係り合うべき事柄に喙をはさみ、人知れず済ませるよう奔走し、お上の役務を私しておったのじゃからなあ。永の閉門蟄居くらいでは済まされぬわい。次郎左もその一味としてのう」

「切腹でございますか」

「建部はのう。じゃが、次郎左はまだわからん。ともかく将軍家の御為、御旗奉行のお家は護らねばならぬ。さあ、きょうはもう帰れ。次郎左の詮議の内容を報せに来たのじゃろ。ご苦労であった」

「はっ」

大東仁左衛門の仁左は、引き下がらざるを得なかった。だが、訊いた。

「評定所での吟味は、いつごろになりましょうや」

「明日、午前じゃ」

（うっ）

また心中にうめいた。早すぎる。それも青山欽之庄の言う〝あちこち〟から、早く幕を引けと圧力がかかっているからであろう。

大東仁左衛門の仁左は目付部屋を辞した。

青山欽之庄は、探索の手足に過ぎない徒目付に、多くを語り過ぎたようだ。おそらく、次郎左の罪状を詳しく知っている大東仁左衛門に、次郎左への処断が軽くなることを、事前に含み置く意味があったのかもしれない。


街道に歩を踏んだ。すでに羅宇屋の仁左に戻っている。

背に聞こえる羅宇竹の音と街道に踏む一歩一歩に、

（きっと討たせてやるぜ、竹花屋善七に！）

胸中にますます強く誓った。青山欽之庄は町場の女童が次郎左の馬蹄にかけられ息を引き取ったことに、まったく触れなかった。〃なかったことに〃といった言葉まで出た。青山欽之庄の念頭にあるのは、町衆の無念よりも〃将軍家の御為〃のみであった。もちろん仁左も徒目付である以上、それが理解できないわけではない。しかし、

（それでいいのか！）

思い切り叫びたかった。背の羅宇竹の音が一段と大きくなった。

この日、相州屋に帰ってから、忠吾郎にも〃得意先の武家〃を訪ねていたことは伏せた。

お沙世とお仙から、善七が黙々と団扇作りに勤しんでいると聞き、ひと安堵した。

ただ、茶店の縁台でお沙世がそっと言った。

「おハナさんから聞いたんだけど、竹を裂く(さ)とき、小さな鉈(なた)を使わず大きな鉈を打ちこみ、せっかく割竹にしたのをよくオシャカにしてしまってるって」

善七にしては考えられない失策(しくじり)である。団扇作りは、まず大きな鉈で竹を割り、その割竹を小さな鉈でこまかく裂き、それを平面に広げて地紙を貼る。地紙貼りはすこしの練習で誰にでもできる。竹花屋ではハナがやっている。

熟練の必要なのは、割竹をこまかく裂く骨作りの作業である。善七が薄く細く裂いた骨はよくしなり、風もやわらかくなる、と評判を取っている。そこについ大きな鉈を打ちこんでしまうなど、

(焦(あせ)るんじゃねえ。俺たちに任せておきねえ)

仁左は言いたかった。実際に言った。お沙世にである。

「善七どんに、そっと言ってやりねえ。舞台はこしらえてやるからってよう」

お沙世はそっと問い返した。

「いつ？」

「数日内だ」

「えっ」

お沙世は驚いた表情になった。次郎左が土谷邸に軟禁されているあいだに決行しな

ければならない。評定所での吟味は、あした午前である。事態はどう変化するか。急がねばならない。

土谷邸では、座敷牢ではないが、奥まった一室に閉じ込められている次郎左に、宇平とお絹はことさら親切に接していた。そうしろというのが、きょう裏門から出て来た宇平に、仁左が与えた指示だったのだ。

以前から次郎左は、屋敷内で嫌われ者になっていた。それがけさ早く罪人の網をかけられた駕籠で戻って来たとき、奉公人たちは内心うなずいたものだった。当然、奥に閉じ込められた次郎左に、ここぞとばかりに突慳貪（つっけんどん）に接し、軟禁者になった次郎左の世話を嫌った。そこに宇平とお絹は、わたしがと用人の堀井兵衛に申し出たのだ。即座に指名された。

「――新参者だから、なにも知らないのさ」

いずれの中間も腰元もささやきあった。

打ちひしがれ、行く末に恐怖を覚える次郎左にしてみれば、新規抱（しんきかか）えとはいえ、中間の宇平と腰元のお絹の親切は、一日にして身に染みているはずである。それが仁左の思惑なのだ。

四

日の出とともに、

「えいっ」

毎朝のことだが、寒さを押しやるように掻巻をはねのけ、上体を起こしたものの、

(さて、きょうは)

と、まだ商いの土地を決めていなかった。

きょうお城の評定所で次郎左と建部山三郎の吟味がおこなわれることを、相州屋で知っているのは仁左だけである。

(その結果を、ひと呼吸でも早く知りたい)

それを願えば、近場をながして呉服橋の大旦那から忠吾郎につなぎのあるのを待つか、それとも本所松坂町に行き、土谷邸の近くをながして探りを入れるか……。

「ひゃーっ、冷たい」

朝の井戸端でおトラが声を上げ、水を汲んでくれた仁左に言った。

「麻衣ちゃんを馬蹄にかけたあの侍、日本橋の近くでお縄になったって聞いたけど、

間違いないだろうねえ」

「そう、人違いなら大変だよ」

おトラも言う。

二人は外でうわさを聞き、まだ〝よく似た人〟と混同しているようだ。

「ならばもう一度、松坂町へ行ってみますか」

「あっ、それがいい。ねえ、仁さん」

お仙が濡れた手拭を手に言ったのへおトラは返し、仁左に顔を向けた。

「うむ。きょう俺は近場をながすつもりだ。あした行くか。お絹さんと宇平どんも気がかりだし」

仁左がとっさに言ったのへおトラが、

「それがいい。仁さん、つき合ってくれるよねえ、お仙さんも一緒に。お絹さんと宇平さんに会えるから」

仁左とお仙の顔を交互に見ながら言った。

決まりである。きょうは近場をながして呉服橋の大旦那からのつなぎを待ち、あした四人そろって本所松坂町の土谷邸に行く……。

（忠吾郎旦那にはきょう、呉服橋の大旦那からつなぎがあるはずだ。そのあとで俺の

策を話そう。お絹さんと宇平どんを、土谷邸に配置しなすったのは旦那なんだ）
脳裡はめぐり、おクマとおトラにつづいて街道に出た。
「あら、きょうは三人そろって」
お沙世が向かいから声をかけて来た。
「ああ、きょうはそろって近場をなあ」
仁左は返し、おクマとおトラのあとにつづいた。
忠吾郎も縁台に出て、長煙管をくゆらせていた。
（待っていておくんなせえ、旦那）
胸中に念じた。
仁左は途中でおクマたちと別れ、
（いまごろ、お城の評定所では……）
気にしながら近場をながし、陽が中天をいくらか過ぎたころ、
（あるいはすでに）
札ノ辻に足を向けた。
忠吾郎は待っていた。
お仙が茶店の縁台に座っており、カシャカシャの音が聞こえるなり腰を上げ、お沙

世と競い合うように言った。

「あぁよかった。仁左さん、帰って来た。さっき、そば屋の玄八さんが来てすぐ帰ったんだけど、旦那さんが待ってます」

「近場だと聞いていましたから、もし午に帰って来なければ、わたくしが找しに行こうと思っていたのです」

「ほう」

玄八が来た……。仁左は期待を持ち、寄子宿の路地へ早足になった。

「わたくしも」

と、お仙がつづくとお沙世も負けじと、

「お爺ちゃん、ちょいと店お願い」

盆を縁台に置き、あとにつづいた。

裏庭に面した縁側である。

「おう、帰って来たか。待っておったぞ」

忠吾郎は中腰になり、仁左とお沙世、お仙は立ったままである。お沙世とお仙は、玄八の来たことは知っていても、話の内容までは聞かされていない。仁左と一緒に、それを待つように忠吾郎を見つめている。

忠吾郎は言った。

「きょういつもの時分にいつものところで、呉服橋と会うことになった。向こうさんは、仁左どんも来てくれとご所望（しょもう）だ」

「さようですかい。それじゃ、これからすぐでやすね」

「そうだ。用意をしてくれ」

用意といっても、背の道具箱を降ろすだけである。

「あのう、どこか知りませんが、わたくしも」

お仙が言ったのへ忠吾郎は、

「いや、おめえさんにはお沙世と一緒に、竹花屋がおとなしくしているように、見張っていてもらわねばならんでのう」

「そうですよ。わたしたちには、わたしたちの役務があるのですから」

お沙世が言い、二人は善七を見張るための留守居となった。

忠吾郎と仁左が出かけたあと、お沙世はお仙に言っていた。

「いつものところとは、わたしの実家の浜久で、呉服橋とはそこに住まう、忠吾郎旦那と昵懇（じっこん）のお武家なんですよ。お奉行所にも顔の利く……」

お仙はうなずき、

（この相州屋には、自分の知らぬことがまだまだありそうな）

思ったものだった。

長煙管を腰に差した、恰幅のある忠吾郎と、股引に着物を尻端折にした敏捷そうな仁左である。背に道具箱はなく、黙々と歩いている。仁左には、きょうの膝詰の内容はわかっている。評定所の吟味の結果が出た……。さっそく榊原忠之がそれを忠次こと忠吾郎に伝えようとしている……。

金杉橋へ歩を踏みながら、仁左は確かめようとしたが、なにも知らぬことを装うため、幾度も出かかった言葉を呑みこんだ。

忠吾郎もおなじだった。

（仁左め、巧妙にお城の目付を動かしおったな）

思いはしているが、確証がない。ただ仁左のほうから、それらしいことを切り出すのを待っている。

ようやく仁左が問いを入れた。

「呉服橋の大旦那があっしをご指名たあ、染谷どんも来なさるので？」

なんの話かは訊かない。わかっていて訊くのは気が引ける。

「ああ」

忠吾郎は返し、ひと呼吸ほど間を置き、

「わしも、驚いているのだが、玄八の話じゃ、きょうお城の評定所で吟味があったそうな。おそらく、あの件についてだろう」

忠吾郎がここで〝わしも〟と言ったのは、

（当然おまえは知っていよう）

との含みがある。

仁左は返した。

「そりゃあ間違えねえでやしょう。玄八どんが急いで知らせに来て、染谷どんも同座するというのでは……。どのような結果が出たか、楽しみで……。それにしても、早うござんしたねえ。柳営にゃ、それを必要としているお方らが、多いのかもしれやせんぜ」

仁左はさりげなく言ったが、

（やはり、喰いこんでやがるな）

忠吾郎は感じ取った。

あとは無言で歩を進めた。

未明に鉈を持った竹花屋善七を押さえこんだ現場を経たとき、

「その後、善七はおとなしくしてくれているようで」

「おハナさんが、昼も夜も気をつけ、お沙世とお仙さんも気を配っておるでのう」

「そのようで」

あとはまた黙々と歩を進めた。

五

忠吾郎と仁左が金杉橋の音を聞き、浜久の暖簾をくぐると、

「これは相州屋さん。呉服橋のお方も、さっきおいでになったばかりです」

と、いつものように女将のお甲が迎え、これもまたいつものように一番奥の部屋に通された。もちろん、手前の部屋は空き部屋にしてある。

外からふすまが閉められ、忠吾郎と仁左が座に着くより早く、

「きょう、評定所に呼ばれてのう」

と、迎えた忠之が開口一番に言い、

「わしもそれを聞きに来たのだ」

言いながら忠次こと忠吾郎が忠之の前にあぐらを組み、端座で迎えた染谷も仁左が

あぐらになると、それに合わせるかのようにあぐら居に足を組みかえた。座がなごやかになる。

「さあ、兄者(あにじゃ)。どんな具合でしたかい」

「そのことよ」

忠吾郎にうながされ、忠之は応えた。仁左も急かすような目で北町奉行の忠之を見つめている。きょうも忠之は着ながしに深編笠で来ている。染谷は脇差一本の遊び人姿である。相対しているのは商家の恰幅のあるあるじと職人風である。他の者が座を見ても、江戸城の奥まった評定所での吟味の内容が話されようとしていることなど、想像もできないだろう。

評定は、五手掛(ごてがか)りだったという。そこにまず忠吾郎は、

「えっ」

声を洩らし、仁左にとってもその規模は想像を超えるものだった。吟味の場が町奉行所から城内の評定所に移っただけではなかった。土谷次郎左と建部山三郎の詮議に加わったのは、目付の青山欽之庄と北町奉行の榊原忠之だけではなかった。若年寄の内藤紀伊守信敦(のぶあつ)、勘定奉行の村垣淡路守定行(むらがきあわじのかみさだゆき)、寺社奉行の松平伯耆守宗発(ほうきのかみむねあきら)までが列座したのだ。

若年寄や勘定奉行、寺社奉行など、部屋住や小普請組の者などにとっては顔も伏し拝めない雲の上の幕閣なのだ。まるで幕政を揺るがすような重大案件を吟味する陣容である。そこに一人ずつ引き出された建部と次郎左は、縄を打たれているわけではないが震え上がったことだろう。

忠之は言った。

「詮議はことのほか簡素におこなわれてのう。手前味噌ではないが、染谷の作成した口書がモノを言うたわ」

「お奉行から話を聞けば、利きすぎたようです」

染谷がよろこぶよりも悔しそうに言った。

「で、裁定はいかような」

忠吾郎がさきを急かし、仁左はさらに忠之を見つめた。すでに策は立てており、忠吾郎が土谷邸に配置したお絹と宇平にも伝えてあるのだ。評定所の裁定は、仁左の策に決定的な影響を及ぼす。

忠之は応えた。

「建部山三郎が近隣にちかぢか出世するなどと言うておったようじゃが、なんともおぞましいことで、土谷家に長男の左一郎を廃嫡させ、次郎左が嫡子となって家督を継いだときに、次郎左の罪状のかずかずを目付に訴え出て、おのれが旗奉行の座に就こうとしておったのじゃ」

「えっ、まさか」

声を上げたのは仁左だった。

「建部にそのような言動のあったことは、目付の青山どのが探索しておいでじゃった。そのため要路への賄賂も怠りなかったというぞ」

忠之は言うと、仁左にちらと視線を向けた。仁左は戸惑った。そこまで青山欽之庄が手を入れていたとは知らなかった。おそらく仁左こと大東仁左衛門の同輩の幾人かが奔走したのであろう。

「で、仕置は……」

仁左の問いである。

忠之は応えた。

「建部山三郎はそのままいずれかの屋敷にお預けとなり、今宵、切腹にてお家は断絶となった。次郎左だが、不届きな所業あれど、建部に使嗾されたものであり、追って沙汰あるまで屋敷に蟄居謹慎……。かような裁定がわかっておれば、次郎左の身柄をあくまで奉行所で押さえておくのじゃった」

無念そうな口調だった。〝今宵、切腹〟は、厳密に処理し賄賂で連座を受ける者を助けるためであろうことは、容易に想像できる。さらに、

「札ノ辻で幼い町娘が殺された件、儂以外に指摘する者はおらなんだ」

言ったときの表情は、さきほどの染谷よりもなお悔しそうだった。旗奉行の家を安泰にしておくためにも、次郎左への沙汰は軽微なものになることが予想される。評定所の裁定に、麻衣の死が触れられることがなかったのは、そのためであろう。しかも、行きも帰りも、

「次郎左の駕籠には、きのうと違うて網はかぶされておらなんだ」

評定のまえから、次郎左の処置は決まっていたようだ。

(よし)

仁左は内心思った。それに合わせたか、忠吾郎もなにごとかを決意したようだ。

忠之と染谷は、すでに話し合っていたようだ。忠吾郎と仁左の反応を見ると、互いに顔を見合わせ、うなずきを交わした。

忠之は言った。

「さきの石丸家のお仙なる才女が、人知れず黒永豪四郎を討ったるは、実に見事であった。見返りを求めず、秘かに合力したそなたらも立派であった」

「兄者、まわりくどい言い方は、かえって焦れるぜ」

忠吾郎は故意に伝法な口調で言った。横で仁左もうなずいている。

(存念あらば、こたびも影走りせよ)

忠之は言っているのだ。

さすがにこの顔触れか、これで話は決まったようだ。染谷がすかさず、

「俺と玄八も動きまさあ。相州屋さんに存念がありやすのなら、言ってくだせえ」

言いながら、ふところをそっと叩いた。遊び人姿のそこには、十手が入っている。

仁左が応じるように言った。

「うわさをながしてくだせえ。会津藩に小鹿屋の出入りを差し止めさせたのは、町場のうわさが屋敷内に伝わったからでさあ。こたびも、それで行きやしょう」

「どんなうわさでえ」

仁左と染谷の、伝法な言葉でのやりとりになった。そのほうが、互いに意思の疎通がしやすい。

仁左は言った。

「評定所の裁定は、すぐ町場にながれやしょう。さらにながしてくんねえ」

「なにを、どんなふうに」

「次郎左も死罪は免れねえだろう、と」

「本所松坂町でだな」

「むろんでさあ。俺もあした、お沙世さんとお仙さん、それにあの婆さん二人も総出でながしまさあ」

「それでどうするんでえ」

「へへ、そのあとはおめえさんら、知らねえほうがいいってもんでさあ。助けの必要なときは、こっちからお願えに参じまさあ」

「よし、染谷。さっそくきょうから玄八を連れ、もういちど松坂町に入れ」

その場で忠之は命じた。

影走りの詳細は、奉行はむろんのこと、隠密廻りもその岡っ引も、知らないほうがいいときがある。それだけ双方は信頼し合っているのだ。

四人は前後して浜久を出た。

忠吾郎と仁左は、来たとき以上に早足になっている。忠吾郎はひと呼吸でも早く仁左の存念を聞きたい。仁左も話したい。だが影走りの話など、街道に歩を踏みながら話せるものではない。

いつもの裏庭に面した居間で、忠吾郎と仁左が膝を寄せ合ったのは、まだ陽の高い時分だった。二人とも真剣な、緊張を帯びた表情になっている。

「旦那も仁左さんもお帰りのようですねえ。さっき品川から来た大八車の人足さんから、おもしろい話を聞きましたよ」

庭から障子越しにお沙世の声が入って来た。

お沙世も居間に上がり、話をつづけた。

「縁台で休んで行ったお客さん、品川の荷運び屋さんだったんですよ。ほら、あの小鹿屋、無理が祟って人足さんが一人去り二人去りで、とうとう暖簾をたたんでしまったって。そこの旦那も番頭さんも、どこへ行ったかわからないって」

「ほう。街道の掃除は、いくらかできたということだな」

忠吾郎は満足げに言った。

話しているところへ、お仙が帰って来た。竹花屋へ善七のようすを見に行っていたのだ。それだけお仙は善七に直接仇を討たせることへ、乗り気になっているのだ。お仙も居間に上がった。

「奉行所の動きに詳しい者から聞いたのだが、実に腹立たしいことだわい」

と忠吾郎は、忠之の語った評定所のようすを披露し、仁左はようやく策を語った。

お仙もお沙世も緊張の態で、

「それ以外、方途はありませぬ。やりましょう！」

「仁左さんの策のとおり、燻(いぶ)り出しましょう。それで善七さんに」

と、仁左の策に期待を寄せた。

忠吾郎は無言でうなずいていた。

陽のかたむかないうちに、遊び人姿の染谷はそば屋の玄八と一緒に、あらためて松坂町に入っていた。さすがはふところに十手を収めている染谷結之助である。松坂町一丁目と二丁目の自身番に入り、言っていた。

「町役さんたちも事前に知っておくほうがいいだろう。土谷邸の次男坊は切腹か、あるいは身柄を奉行所にまわされて打首になるか、どちらか一つになる」

一丁目も二丁目も町役たちは、

「そうあって欲しいものでございますよ」

と、口をそろえていた。

そうした声はきょうあすにも、土谷邸の白壁の中に入ることだろう。

六

羅宇屋の仁左と、扮えなくても町娘姿のお沙世が、すっかり地形を覚えた松坂町二丁目の、武家地と町場を仕切る往還に歩を踏んだのは、陽が中天にかかろうかという時分だった。お仙も行きたがったが、

「――最後の仕上げだ。そなたは善七の押さえとして、札ノ辻にいてくれ」

と、忠吾郎に言われたのだ。もちろん不満顔だったが、役務は重要である。決行はきょう昼間のようすを見て、

「――今宵かあす。どちらにするかは、屋敷のようすを見ての判断にまかせる」

と、忠吾郎は言ったのだ。そのような重大な役務を、仁左と一緒に仕掛けられることに、お沙世は爽快さを覚えていた。

おクマとおトラは早めに出て、すでに土谷邸の周辺の武家屋敷をまわっている。まっさきに裏門の潜り戸を叩いたのは、土谷邸だった。だが、門番に用人の堀井兵衛の名を出しても、門前払いだった。

土谷邸の表門を視界に収める角に出ると、

「あら、お汁粉屋さんも」

と、お沙世は目をかがやかせた。やはり若い娘である。玄八のそばの屋台の横に、汁粉屋の屋台が出ていたのだ。珍しいことではない。そば屋なら中間などが小腹の空いたのを満たしに屋敷からさっと出て来て、音を立ててそばを手繰り、またさっと帰って行く。汁粉屋が出ておれば、腰元衆が甘いものを求め、おなじように屋敷から出て来るのだ。いまも、腰元二人がそば屋と汁粉屋の屋台の陰に隠れるように、汁粉の椀を口にあてていた。

仁左とお沙世が近づくと、

「へい、いらっしゃいやし。二杯でございやすね」

「いいえ、わたしはお汁粉のほうを」

玄八が言ったのへお沙世が返し、

「これはどうも。ありがとうございやす」

汁粉屋が返事をする。

通りすがりの客を装っている。もちろん汁粉屋は、そば屋と羅宇屋、それと一緒にいる町娘との係り合いを知らない。

不用意な話はできない。腰元二人も、さっきまで汁粉屋や玄八と話をしていたようだが、新たな客が来ると口をつぐんだ。腰元二人が屋敷に戻り、仁左とお沙世が箸を置くと、玄八が機会をつくった。

「おう、汁粉屋の。俺はちょいと一丁目のほうをながしてくらあ」

と、屋台を担いだ。

「俺はもうしばらくここで」

汁粉屋は言っていた。

仁左とお沙世もさりげなくその場を離れ、一丁目に向かった。こうした場面でのお沙世の動作も、なかなか堂に入ったものである。

松坂町一丁目の自身番の前に、そば屋の屋台が置いてある。

中に入ると、染谷も来ていた。

自身番には奥に板敷きの部屋がある。町内で捕えた不審な者を暫時とめ置く部屋である。さっそく四人はその板敷きの部屋でひたいを寄せ合った。

「きのう夕刻、建部山三郎が預かり先の屋敷の庭先で切腹した。というより、逃げようとしたのを屋敷の者に斬殺されたらしい」

染谷は語り、部屋は瞬時、沈痛な空気に包まれた。悪党でも、死はやはり痛ましい。そのうわさはすでに、本所の武家地にもながれているという。

玄八が言った。さきほどの腰元二人は近くの屋敷の者で、建部のうわさを聞いているらしく、土谷邸の次男もきょうかあすには、

「――屋敷内で、切腹なさるそうな」

話していたという。さらにその腰元は、外から来た蠟燭の流れ買いと付木売りの婆さんも、おなじようなことを話していた、と朋輩(ほうばい)とささやき合っていたらしい。おクマとおトラは、じゅうぶん役に立ってくれているようだ。腰元たちは屋敷内で話せないことを、互いに低声で話しているのだろう。うわさは町場にながれ、土谷邸にもながれ込んでいるとみて間違いない。

ながれ込んでいた。しかも、屋敷内で次郎左をこころよく思っていない者は多い。それらが故意にうわさを次郎左の耳に入れ、蒼ざめる顔を見て心中に喝采(かっさい)していた。そうしたなかで次郎左に同情し、慰めの言葉をかけるのは、次郎左の世話係りになった宇平とお絹だけだった。

仁左は自身番の奥の部屋で、きのう忠吾郎に話した策を語った。

染谷は玄八と顔を見合わせ、

「そのようなところだろう、とお奉行も言っておいでだった。そこに合力せよと」

さらりと言った。

「で、いつだい」

玄八が問いを入れたのへ、仁左は思案顔になった。

この策は、次郎左の気が昂（たか）ぶっているときに決行しなければならない。冷静になって考えさせたり、躊躇（ちゅうちょ）させたりする余裕を与えてはならないのだ。

決めた。

「今宵」

新たな緊張が部屋にみなぎった。

具体的な策が練られた。

ふたたびそば屋の玄八、羅宇屋の仁左、町娘のお沙世の姿は、土谷邸の表門が見える町場の角にあった。汁粉屋はいずれに移動したか、いなくなっている。武家地のほうから、おクマとおトラが出て来た。

「あらら、あんたがた。いまごろ来たのかね」

「きょうは一番に土谷さまのお屋敷に行ったさ。あれ、人違いじゃなかったようだねえ。お屋敷は立て込んでいて、仕事にならなかったよ。ほかのお屋敷ではいい商いになったけど。そこでもみんな話してたよ。やっぱりあのお屋敷だったのだ。恐ろしいねえ」

ようやくおクマとおトラは、土谷邸と麻衣殺しが結びついたようだ。

「さっき外で土谷邸のお中間さんと会ったから、教えておいてやったよ。お屋敷から切腹か打首が出るかもしれないから、気をつけなってね」

「お中間さん、最初から顔色悪かったけど、ますます蒼ざめていたさ」

その中間は屋敷に戻り、朋輩たちにまた話すだろう。それらのうわさの一つひとつが、次郎左の身を苛み、しきりに宇平とお絹が慰めているのが目に浮かぶ。

「あたしら、きょうはもう帰るよ。両国の広小路で験なおしでもして」

「そうそう、お沙世ちゃんが来ているの、ちょうどよかった。ちょいと行って、宇平さんとお絹さんのようす、見て来ておくれよ。心配だよう」

「そうしましょうかねえ。はい、行って来ますよ」

おクマとおトラは、お沙世の応えに安堵した表情になり、

「じゃあ、お願いね」

言うと、そそくさと両国橋のほうへ向かった。

(今宵こそ好機)

仁左はあらためて確信し、玄八もうなずいた。

おクマとおトラに言われなくても、お絹とつなぎを取るために、お沙世は仁左と一緒に来たのだ。

「まずは俺から」

と、仁左が背の道具箱にことさら大きな音を立てながら、ゆっくりと土谷邸を一巡した。お絹と宇平に、仁左が来ていることを知らせるためである。

つぎに、お沙世が裏門のある路地に入った。

潜り戸を叩いた。

門番の中間が顔をのぞかせた。町娘が立っているのに、緊張していた門番はホッと息をついた。評定所からの遣いの者かと思ったようだ。もしそうなら裏門から来るはずはない。土谷邸では門番までが、正常な思考を失っているのかもしれない。

お沙世はそっと門番の手に一分金二枚を握らせ、来意を告げた。次郎左が札ノ辻で投げて寄こした額だ。その金子は、忠吾郎から出ていた。

「おう、あの新参者かい。ちょっと待ってな」

門番は潜り戸を半開きにしたまま奥に走った。お絹への口上は、仁左から幾度も念を押されている。男の仁左が行ったのでは警戒され、門番は用人の堀井兵衛にお伺いを立て、宇平にもお絹にも直接話すことはできなかったかもしれない。

お絹はすぐに出て来た。

「あら、お沙世さんだったの。さっき羅宇竹の音がしてたから」

仁左の合図は伝わっていた。お絹は言いながら門の外に出て潜り戸を閉じた。

「その仁左さんからの言付けです。今宵、と」

「えっ」

お絹は緊張した表情になり、屋敷のようすを知らせた。

「宵の五ツ（およそ午後八時）にここで。その時分になれば、裏門に門番はいなくなりますから。宇平さんにもこのこと、話しておきます」

「宵の五ツ、慥と伝えておきます。芝浜には、忠吾郎旦那もお出ましになりますから」

「まあ、心強い」

お絹は言い、

「では」

きびすを返し、潜り戸の中に消えた。

お沙世は屋台に戻り、仁左と玄八にお絹の言葉を伝えた。

二人はうなずき、お沙世とともにおクマとおトラを追うようにその場を離れた。

屋台の担ぎ棒を肩に歩を進めながら、玄八は言った。

「さすが仁左の兄イだぜ。かくも用意周到な策に感心すらあ」

仁左とお沙世が相手では、声まで老けづくりにする必要はない。

両国橋を羅宇竹の音とともに渡ったのは、仁左とお沙世の二人だった。玄八は染谷にお沙世の首尾を伝えるため、自身番に立ち寄っていた。


二人が札ノ辻に戻ったのは、陽が西の空にかたむきかけた時分だった。おクマとおトラはまだだった。両国広小路で見世物小屋などをのぞき、気分転換の験なおしをしているのだろう。

仁左とお沙世が戻って来て、お仙はホッとした表情になった。聞けば、善七がまた鉈を握り、

「——お奉行所へ、首切り役を申しこみに行くっ」

と、ひと悶着あったという。その鉈を騒ぎにならないように、やんわりと取り上げるのは、お仙にしかできない技（わざ）である。となり近所の者が来れば、かえって騒ぎを大きくするだけだろう。

お沙世から報告を受け、

「うむ、宵の五ツだな」

忠吾郎は念を押し、

「よし。善七にはわしから話そう」

と、そのあとすぐだった。ハナには、

「今宵、お沙世やお仙、それに仁左もまじえ、いずれかで一席設けて善七どんの気分をやわらげてやろうと思うてなあ」

と、告げ、善七にはそっと、

「わからねえよう、鉈を持参しろ」

言われた善七は、緊張に武者震いをしていた。


おなじころ本所松坂町の土谷邸では、宇平とお絹が夕餉の膳を奥の部屋に運んでいた。二人が世話係りになっているのだから、そこに奇異なものはなにもない。だが、二人が部屋に入り、ふすまをしめてからは空気が一変した。

次郎左は、中間や腰元たちから意識的に外のうわさを吹きこまれ、一日で一年も怯えぬいたように憔悴している。お絹が次郎左の前に膳を置き、そっと言った。

「あした、お城の評定所から、ご切腹の検死役が来ると聞きました。お逃げになるなら、今宵です」

「うっ」

うめく次郎左に宇平がつないだ。

「わしも合力しますじゃ。わしら新参者でやすが、お屋敷のかたがたの、若さまへの仕打ち、我慢できやせん。生きなせえ。生きてくだせい」

「ど、どうすれば生きられるのだ」

次郎左は上体を前にせりだし、肩を震わせた。

お絹はつづけた。

「わたくしの実家は、芝浜の網元です。街道の金杉橋に近い……」

「し、知っておる。砂浜のある海浜だろう、あそこは」

「はい、その芝浜です。わたくしが外につなぎを取れば、この近くの竪川へも舟を按配してくれるはずです」

「わしがすぐ、外とつなぎを取りますじゃ」

「でき、できるのかっ。さようなことが!?」

次郎左は乗って来た。

「できまする」

宇平は応えた。すでにつなぎは取れているのだ。

これが、お沙世が〝燻り出しましょう〟と言い、忠吾郎も乗り、玄八が〝かくも用意周到な〟と感心した、仁左の策である。

七

本所松坂町に宵の五ツ（およそ午後八時）に着くには、田町四丁目の札ノ辻からなら、日の入りの暮れ六ツ（およそ午後六時）には出なくてはならない。

おクマとおトラはすでに帰り、寄子宿の長屋の部屋にくずれこんでいる。

（お二人とも、よう働いてくれた。すまねえ）

仁左は胸中に念じ、

「それじゃ、あとで」

「ご首尾、よろしゅうに」

と、お仙に見送られ、街道に出た。股引に腹当、腰切半纏に三尺帯の職人姿である。これが最も動きやすい。丸腰で身に寸鉄も帯びていない。夜道に誰何されても怪しまれぬための用心である。

街道は日の入り時分で慌ただしさを増している。このあと急速に人や荷の動きはまばらとなり、外を歩くには提灯が必要となる。ふところに入っている。

茶店の縁台で待っていたお沙世が、

「お爺ちゃん、お婆ちゃん。またお願いね」

「ああ、提灯を忘れねえようにな」

と、奥から出て来た久蔵とおウメに、

「すまねえ。帰りはちょいと遅くなりやすが、あとで忠吾郎旦那が善七どんと一緒に来なさるんで、ご心配なく」

仁左は声をかけ、お沙世とならんで街道に踏み出した。忠吾郎も相州屋の玄関から出て来て、

「うむ」

暮れようとする空を見上げてうなずき、あとは無言で見送った。

ちょうど日が沈んだ。街道の動きはまだ慌ただしくほこりっぽい。冬の夕暮れどきにしては珍しく、風がないのだ。

歩み出してからお沙世が、

「きょうはおなじ道ばかり、これで幾度目かしら」

「仕方ねえさ。この策には、じゅうぶん過ぎるほどの打合せが必要なんだから」

仁左は返した。行く先は、昼間行った本所松坂町である。百年以上もまえ、本所松坂町の吉良邸に討入った赤穂浪士が偲ばれる。だが今宵の動きは、おもてに現われてはならないのだ。だから染谷も玄八も、心置きなく合力できるのである。

日本橋を渡ったころは、人影はまばらで淡い月明かりに提灯の灯りが揺れていた。昼間は大八車や下駄の音にかき消されている水音が、はっきりと聞き取れた。仁左もお沙世も歩きやすいように、草鞋の紐をしっかりと結んでおり、足音がほとんど立たない。

両国橋では提灯の灯りに見える影は、仁左とお沙世のみとなっていた。元町の自身番に立ち寄った。染谷と玄八が待っていた。

そろそろ宵の五ツ（およそ午後八時）だ。

「寒ささえしのげば、いい夜ですぜ」

と、土間での立ち話になった。

「そのようだ。ありがてえぜ」

玄八が言ったのへ仁左は返し、染谷とお沙世もうなずいていた。立ち寄ったのは準備の確認だけだが、これも準備の一環でお沙世は上がり、奥の部屋に入った。髪結いが待っていた。染谷の手配である。

出て来た。

「どお？」

「おお」

お沙世の問いかけに仁左は声を上げた。提灯と行灯（あんどん）の灯りだけとはいえ、いつになく仁左にはお沙世が婀娜（あだ）っぽく見えた。髷（まげ）を解き、垂（た）らし髪にしたのをうしろで束ねている。まるで別人のように印象が異なる。

「こりゃあ見間違えるわい」

遊び人姿の染谷も言った。

二人は提灯を手に夜の往還に出た。人通りのない回向院の脇を通るのは、不気味な感じがする。

お沙世がきつく結びなおした草鞋（わらじ）の歩を進めながら、低声で言った。

「大丈夫かしら。この役務、お仙さんがやりたがっていたのに、忠吾郎旦那がわたしにやれって言うもんですから」

「わかるだろう。お仙さんじゃ土谷邸の裏門で、つい襲いかからんとも限らねえからなあ」

「うふふ」

仁左が返したのへ、お沙世は肯き（うなずき）を含んだ声を洩らした。

足は回向院を過ぎ、松坂町二丁目に入った。

昼間なら、すこし前方に土谷邸の表門が見えるところだ。


おなじころ、その土谷邸の奥の部屋である。

「もうし、用意はよろしゅうございましょうか」

お絹が夜着のまま、手燭の灯りを袖でおおい、声を入れた。

さきほど宇平が、

「──大丈夫だ」

暗い廊下でささやいたばかりである。門番がいなくなったことを言っている。

宇平も夜着のままである。夜着なら朋輩（ほうばい）に見られても、ちょいと雪隠（せっちん）へとごまかしがきく。

「用意はできておる」

部屋の中から低い声があり、ふすまが開いた。次郎左だ。動きやすいように絞り袴に寒さしのぎに足袋（たび）もはき、厚手の羽織を着こんでいる。腰には大小を帯びており、

「さようなものは……」

お絹は言いかけ、言葉を呑みこんだ。武士に刀を持つなとは言えない。

「さ、お急ぎくだされ」

「うむ」

次郎左はお絹につづいた。廊下を二度か三度曲がったが、お絹はこの道順を昼間、幾度も歩き、歩数まで数えていた。家人に最も見つけられにくい道筋である。

台所の勝手戸から外に出た。裏庭である。

宇平が淡い月明かりに、手燭なしで待っていた。草鞋を手にしている。

「これを」

「すまぬ。おまえたち、恩に着るぞ」

次郎左は低声で言いながら草鞋の紐を結び、お絹は、

「あとはすべて外の人が按配してくれております。では宇平さん、お願いしますね」

言うと手燭を手にしたまま屋内に戻り、内から勝手戸を閉めた。小桟のコトリと落ちる音が聞こえた。

「さあ、足元にお気をつけくだせえ」

宇平は急かした。わずかの月明かりがあれば、裏庭は次郎左のほうが慣れている。

裏門の潜り戸を、宇平が身をかがめ、開けた。

提灯の灯りがある。二張(ふたはり)、職人姿に丸腰の仁左と、無造作な束ね髪の町娘である。お沙世はすでに次郎左とは二度会っている。一度目は札ノ辻で、二度目は室町の茶店だった。提灯の灯りとはいえ、気づかれてはならない。そのための束ね髪である。

「おぉう、あんたがたが来てくれやしたのか」

「あい」

と、宇平も見間違え、提灯の灯りのなかに目をしばたかせた。お沙世はたくみに自分の顔から灯りを遠ざけている。宇平に引き合わされ、次郎左は女がいることに安堵を覚えたようだ。

「この二人、私のよく知っているお人で、安心してくだせえやし。さあ、ご案内してあげてくだせえ」

「おう」

仁左が先頭に立ち、お沙世は二人で次郎左をはさむように一番うしろにつづいた。裏門の潜り戸の閉まる音を背後に聞いた。

三人が表門の前に出たころには、お絹は女中部屋に、宇平は中間部屋に戻り、なにくわぬ顔で掻巻(かいまき)にくるまっていることだろう。たとえ屋敷の者がすぐに次郎左のいなくなったことに気づき、用人の堀井兵衛が急いで追っ手を出しても、一行が川に出たのでは、もう見つからないだろう。

不安なのか、次郎左は前を歩く仁左に声をかけた。

「竪川から舟に乗るとお絹から聞いたが、さようか」

「へえ、さようで」

仁左は前を向いたまま返した。仁左も室町の茶店での騒ぎのとき、次郎左と一度会っている。手拭で頬かぶりし、やはり気づかれないように用心している。

竪川は松坂町に沿った一直線の掘割で大川に流れこんでおり、土谷邸からはすぐ近くである。

「へい、お待ちしておりやした」

と、竪川の二ツ目橋の舟寄場に、猪牙舟の船頭が一人待っていた。猪の牙に似たかたちの小型で速さがあり、小まわりも利く舟である。客は三人が限度だ。

染谷が手配した舟であり、川から夜の海辺に出ても棹をうまく操れる、熟練の船頭を選りすぐっているはずである。

「行く先は芝浜だ。頼むぜ」

「へい、聞いておりやす」

舟は舟寄場を離れた。舳先のほうに仁左が座り、そのうしろに次郎左、さらにお沙世と、歩いて来たのとおなじ配置になっている。顔を見られる心配はないが、仁左は提灯を前面に差し向け、お沙世は舟べりから川面に突き出し、灯りをできるだけ自分の身から遠ざけている。話もひかえたほうがよい。

舟が大川に出て、揺れが大きくなった。背後のすぐ上流に黒く横たわって見えるのは両国橋だ。舟は下流に向かっている。

次郎左はやはり不安なのか、

「おまえたち、芝浜のお絹の実家の知り人と聞くが」

「へえ。奉公人でやす。若さま、夜の水面は危のうござんす。船頭の気が散らねえよう、黙って乗っていてくださいやし」

仁左は前方に目をやったまま返した。障害物があれば、艫で棹を操る船頭に知らせなければならない。緊張を強いられる。

「うむ」

次郎左はうなずいた。猪牙舟の舳先のほうに脇差が一本、忍ばせてあったのは、

（ありがてえ）

染谷の計らいであった。

お沙世が髪型で印象を変えた効果はあった。土谷邸の裏門を出たときから猪牙舟に

揺られているいまなお、次郎左はお沙世に気づいていない。仁左も同様である。

次郎左たちの舟が、二ツ目橋の舟寄場を離れたときからである。もう一艘の猪牙舟が舳先に灯りを掲げ、前方の灯りを見失わない間合いでつづいている。こちらの船頭も熟練の者であろう。

「あの灯りはお沙世さんのようですぜ。気の利いたことをしてくれやすねえ」

「あの女も、こうした場数を踏んでいるようだからなあ」

と、乗っているのは染谷と玄八である。不測の事態があった場合の備えである。水面に突き出したお沙世の提灯には、後続が見えやすくするためでもあった。

永代橋の下をくぐった。不意に潮の香を感じ、舟の揺れがさらに大きくなった。海に出たのだ。淡くても月明かりがあるのはありがたい。すぐまぢかに黒々と盛り上がって見えるのが海浜である。舟はできるだけその近くを進んでいる。

船頭が言った。

「このあたりの地形は心得ておりやすが、岩場があれば教えてくだせえ」

「おう」

仁左は返し、いっそう前面に提灯を突き出した。

お沙世はふり返った。水面で、しかも夜であれば距離感は狂うが、提灯の灯りが上下に揺れながら確実について来ている。

振った。玄八も応えて振った。

八

札ノ辻では、竹花屋のハナが提灯を手に街道に出ていた。

「よろしゅうお願いいたします」

言うハナに忠吾郎は、

「みょうな時刻になっちまったが、仁左とお沙世がさきに行っておってなあ。ちょいと別の用事を頼んだのだ。浜久には気が鎮まるようにと、とびっきりいい酒を用意してくれと頼んでおいた」

お仙も一緒である。

善七はほとんど口をきかず、ずっと緊張したままである。ハナがまた言った。

「うちの人、もうずっとこんなんですよ。あしたの朝まで飲んでいてもかまいませんから、気分を思いっきりほぐしてやってくださいまし。お仙さんも、またうだうだ言うようだったら、頬を一発、張り倒してやってくださいな」

「はいはい、さように」

さすがは武家の出である。このような場でも笑顔をつくっている。

お仙も町娘の姿で、懐剣は帯びていない。武器になるようなものといえば、忠吾郎が腰に差している鉄の長煙管だけである。いつものことであり、ハナはそれが武器になるなど想像もしない。忠吾郎とお仙が一緒で、先方には仁左とお沙世も待っているとなれば、これから亭主がそれらの助勢で仇討ちをしようなどとは、なおさら想像できないだろう。これまで善七の軽挙を抑えこんで来たのは、この四人なのだ。

だが、これまで善七を抑えこんで来たのは、今宵のためなのだ。三人とも草鞋の紐をきつく結んでいるのは、ハナは夜道だからと思ったことであろう。

行く先は芝浜である。札ノ辻からは会津藩下屋敷のさらに手前の海辺である。近場を選んだのは、夜とはいえさりげなく出かけ、さりげなく戻り、仇討ちのうわさなど立たぬようにするためである。

お仙はふり返り、札ノ辻に灯りが見えなくなったのを確かめると、善七にそっと言った。

「持って来ていますね」

「へ、へえ」

善七は緊張した口調で返し、腹のあたりをそっと撫でた。鉈である。

芝浜は砂地になっており、三人は波打ち際の近くに立っている。お仙が提灯を手にしている。他に人の気配はない。暗いなかに、潮騒ばかりが聞こえる。小半刻（およそ三十分）はすでに過ぎている。

「ほんとうに、ほんとうに来るんでやしょうねえ」

善七は幾度も暗い海に伸びをして言う。手には鉈を握り締めている。

「落ち着け」

忠吾郎も、もう幾度言ったろうか。

忠吾郎もお仙も、宇平とお絹、仁左とお沙世の連携にソツはないと信頼している。だが夜の海浜では、いかに染谷が選りすぐった船頭であっても、本来の猪牙舟の速さは出せない。

（まさか、不測の事態でもあったか）

忠吾郎の脳裡をフッとよぎったときだった。

「あっ、灯りが。ふたつ、二艘です！」

お仙が叫んだ。

舟はすぐ近くだった。

仁左にも浜の灯りが見えたか提灯を振り、船頭に、

「すまねえ、浜に乗り上げてくんねえ！」

「がってん」

船頭は握る棹に力を込めた。打ち上げる波よりも速く進む。

「おお。あの灯りがおまえたちの仲間か」

「さようで」

次郎左が言ったのへ仁左は返し、舳先で中腰になった。

舟の底が砂地をこすった。

仁左が身に弾みをつけ飛び下りた。

水音が立った。

脛（すね）よりも深く海水に浸かる。

仁左はまだ頬かぶりをしたままである。その手に提灯ではなく脇差が握られていることに気づかないまま、次郎左もあとにつづいた。舟は軽くなったか、さらに波打ち際に近づいた。お沙世が提灯を手にしたまま飛び下りた。

善七が鉈を手に、波打ち際から前面に水音を立てようとした。

「待て！」

忠吾郎が襟首をつかまえた。

お仙も進み出て善七の横にならんだ。

打ち寄せる波が三人の足を洗う。

「ううう っ」

善七はうめいた。敵が目の前にいるのだ。

仁左とならび、水音を立て近づいて来る。

そのうしろに、提灯を手にしたお沙世がつづいている。いま砂浜に月明かり以外の灯りは、お沙世とお仙の持つ提灯のみとなっている。

「ん？」

ようすのおかしいことに次郎左は気づいた。

足には波が打ち寄せている。誰も、冷たいなど言っておられない。

変事に備え、忠吾郎は鉄の長煙管を腰から抜いている。

浜からお仙が一歩進み出て言った。

「次郎左どの、覚えておりますか。わたくしの顔を。あなたのうしろにいるお人も」

「えぇえ?」

次郎左はふり返った。

その刹那だった。お仙が水音を立て次郎左に近づくなり脇差を引き抜き、数歩飛び下がった。

「な、なにをする」

次郎左はうろたえ、

「わたしよう、ほら」

お沙世は自分の顔に提灯を近づけ、仁左も頰かぶりの手拭をさっと取り、

「へへ、あっしもでさあ」

「あっ、おまえたち、あのときの!?」

次郎左はようやく気づき、わけがわからず茫然の態になった。お仙が言う。

「ほら、この人。田町の札ノ辻で、おまえさまに愛娘を馬蹄にかけられ、殺されたお人さ」

「えぇえっ」

「そのとおりだ。覚悟しやがれ!」

鉈を振り上げ飛び出そうとする善七の襟首を、忠吾郎はまだ離していない。仁左と

お仙が脇差を正眼に構えているものの、次郎左の腰にはまだ大刀が残っている。

「お、おまえたち、み、みんなして俺を、俺をはめやがったか！　お絹も宇平もっ」

相手一人ひとりの素性までは知らないまでも事態を覚ったか、

「うおーっ」

叫び声を上げ、大刀の柄に手をかけ逃げようとする。その手の甲を、

「だあっ」

忠吾郎の長煙管が打った。

「うぐっ」

次郎左はうめき声を上げて柄から手を離し、

「うわーっ」

足に打ち寄せた波に均衡をくずしたか、

——バシャ
水音を立て、尻餅をついた。

「いまです、打込みなされっ」

「麻衣のかたきーっ」

お仙の声に善七は鉈を振り上げた。

「ま、待ってくれ」

大刀が鞘ごと、前に突き出ている。次郎左は尻を海水に浸け、両手でうしろへ倒れそうになった身を支え、

「き、聞いてくれ。お、俺が悪いんじゃない。ああでもしなきゃ、俺、俺の身が立たないんだ。悪い、子供を馬蹄にかけたのは悪かった。死ぬとは思うていなかった。ケガだけかと思うた。だ、だから療治にと、過分の金子を与えたではないか」

「まあ、なんてことを」

あきれるように言ったのはお沙世だった。茶店の縁台に投げて寄こした、一分金二枚のことを言っているようだ。

打ち寄せる波を腰に受けながらじりじりと下がり、次郎左はなおも言う。

「許してくれ、助けてくれっ。一分金で足りないのなら、小判も出す。いま十両ほど持っている。全部やる。だ、だから、許してくれ。死にたくない。こんなところで、こんなところで死にたくない！」

とても武士の姿とは思えない。

「ううううっ」

鉈を振り上げたまま、善七はうめいている。

お仙がまた叫んだ。

「なにを躊躇しやる。さあ、打込むのですっ」

「うおーっ」

善七は雄叫びを上げ、鉈を打ち降ろした。

――ザザッ

水音が立った。

鉈は次郎左の身をかすめ、砂地に喰いこんだ。善七の身も、鉈と一緒に海水にくずれ落ちた。

「どうしたっ」

仁左の声に善七は手足を海水に浸けたまま言った。

「鉈は、鉈はわしの商売道具だあっ。こんな、こんな下種野郎の血で汚すことなどできねえ。麻衣も、麻衣もよろこばねえ」

「わかるぜ、竹花屋善七！」

忠吾郎の声だった。

お仙がまた叫んだ。

「なれど、許せませぬ！」

次郎左の腰から抜き取った脇差を上段に構え、打込もうとした。

仁左が水しぶきを上げた。

「ならねえっ、お仙さん！　殺るなら俺がっ」

握った脇差がその場を薙いだ。

血潮が飛び散った。

脇差の切っ先は、次郎左の喉をかき斬っていた。即死だった。

この一部始終を、揺れる猪牙舟の上から、染谷結之助と玄八は見ていた。

翌日である。昼八ツ（およそ午後二時）の時分、榊原忠之と弟の忠次こと相州屋忠吾郎の姿が、金杉橋の浜久の奥の部屋にあった。二人のみである。

忠吾郎が問いを入れた。

「奉行所は、どう処理なされた」

「ふふふ、とどこおりなく。染谷と玄八もようやってくれた」

と、忠之は応えた。

昨夜、次郎左の死体は染谷と玄八が猪牙舟に乗せ、永代橋東岸の佐賀町の自身番に運んだ。真夜の九ツ（深夜零時）に近い時分になっていた。忠吾郎たちはすでに札ノ辻に戻り、濡れた足を温め、眠れたかどうかは別に、それぞれがそれぞれの寝床に入っている時分である。

佐賀町の自身番は驚いたことであろう。河口の町場であれば、昼夜を問わず水死体が運びこまれるのは珍しいことではない。自身番に詰めていた町役たちが驚いたのは、遊び人姿の染谷が十手を見せ、

「――こやつ、武士である。溺死だ」

と、死因を厳命するように言ったことだった。奉行所の役人がそう言うのだから、そうであろう。異議を唱えるのは、かえって面倒を町内に持ちこむことになる。

自身番の提灯を手に、玄八が本所松坂町の土谷邸に走った。

「土谷邸の者が次郎左の逃亡に気づいたのは、玄八が屋敷に駈けこんでからだったらしい」

忠之は言った。

屋敷からは、用人の堀井兵衛が駈けつけた。当然、処置はしてあっても死因に気づく。だが、

「――承知つかまつった。溺死でござる」

堀井兵衛は言った。逃亡したあげく何者かにひと太刀で斬り殺されたとあっては、

武士として不名誉なことこの上ない。川に落ちて溺死もまた然りである。

死体は土谷家の手配した舟で、夜明けすこし前に屋敷へ運びこまれた。佐賀町の町役たちはホッとしたことであろう。面倒は、ほんの一過性ですんだのだ。

朝早く、土谷邸から評定所に届けがあった。

——当家次男、昨夜、屋敷内において自裁いたし候

切腹したというのである。

「きょう緊急に評定があってのう、儂も出た」

「して？」

「一件落着じゃ。土谷家にはお構いなし」

「屋敷内はどうなっておる。宇平とお絹は？」

忠吾郎にはそのほうが気になる。

忠之は応えた。

「用人の堀井兵衛も来ておってのう。訊けば世話係りの二人の寝ていたときの出来事じゃ。ねぎらいの言葉をかけても叱責はできぬ、と。そうじゃろう、二人を咎めれば失踪を認めることになるゆえのう。どうする、相州屋に引き揚げるか」

「ま、ころあいをみて二人と相談し」

「それにしても、また染谷から聞いたが、あの仁左なる男、間違いないとすれば、目付の青山欽之庄どのも不思議な配下を町場に放っておいでのことよ。おまえもあの者をうまく使嗾し、これからも儂の手の届かぬところを、よろしゅう頼むぞ」

「兄者のためなどじゃねえ。したが兄者、次郎左は命乞いをしながら〝ああでもしなきゃ、俺の身が立たない〟などと叫んでおった。死してのちも、厄介者が消えたようにしか扱われぬ。わしは次郎左なる次男坊が、憐れに思えてきましたぞ」

「ふふふ。おまえなら、人一倍わかろうかなあ」

「わかるさ。現在の世の仕組みが、次郎左なる若者を〝ああでもしなきゃ〟ならねえ道に追いこんでしまったのじゃないのかい」

「忠次、そのさきは言うな」

忠之に言われ、忠次こと忠吾郎は言葉をつづける代わりに盃を口に運んだ。いま言ったのは、芝浜から冷たく濡れた足での帰り、仁左の言った言葉でもあった。そのとき、お仙もうなずいていた。

(さて、お絹と宇平はしばらくようすを見るとして、お仙はどこへどう口入れしてよいものか)

忠吾郎の脳裡は、そのほうに移っていた。

一〇〇字書評

切・り・取・り・線

購買動機（新聞、雑誌名を記入するか、あるいは○をつけてください）

□（　　　　　　　　　　　　　　　）の広告を見て
□（　　　　　　　　　　　　　　　）の書評を見て
□ 知人のすすめで　　　　　　□ タイトルに惹かれて
□ カバーが良かったから　　　□ 内容が面白そうだから
□ 好きな作家だから　　　　　□ 好きな分野の本だから

・最近、最も感銘を受けた作品名をお書き下さい

・あなたのお好きな作家名をお書き下さい

・その他、ご要望がありましたらお書き下さい

住所	〒				
氏名		職業		年齢	
Eメール	※携帯には配信できません		新刊情報等のメール配信を 希望する・しない		

この本の感想を、編集部までお寄せいただけたらありがたく存じます。今後の企画の参考にさせていただきます。Eメールでも結構です。

いただいた「一〇〇字書評」は、新聞・雑誌等に紹介させていただくことがあります。その場合はお礼として特製図書カードを差し上げます。

前ページの原稿用紙に書評をお書きの上、切り取り、左記までお送り下さい。宛先の住所は不要です。

なお、ご記入いただいたお名前、ご住所等は、書評紹介の事前了解、謝礼のお届けのためだけに利用し、そのほかの目的のために利用することはありません。

〒一〇一‐八七〇一
祥伝社文庫編集長 坂口芳和
電話 〇三（三二六五）二〇八〇

祥伝社ホームページの「ブックレビュー」からも、書き込めます。
http://www.shodensha.co.jp/bookreview/

祥伝社文庫

闇奉行(やみぶぎょう)　燻(いぶ)り出(だ)し仇討(かたきう)ち

平成29年11月20日　初版第1刷発行

著　者　喜安幸夫(きやすゆきお)

発行者　辻　浩明

発行所　祥伝社(しょうでんしゃ)

東京都千代田区神田神保町3-3
〒101-8701
電話　03（3265）2081（販売部）
電話　03（3265）2080（編集部）
電話　03（3265）3622（業務部）
http://www.shodensha.co.jp/

印刷所　萩原印刷
製本所　ナショナル製本
カバーフォーマットデザイン　中原達治

 ISBN978-4-396-34374-3 C0193

祥伝社文庫の好評既刊

喜安幸夫　隠密家族　日坂決戦

東海道に迫る上杉家の忍び集団「伏嗅組」の攻勢。霧生院一林斎たち親子は、参勤交代の若君をいかに守る？

喜安幸夫　隠密家族　御落胤

兄・吉宗の誘いを断り、鍼灸療治処を続ける道を選んだ佳奈。そんな中、吉宗の御落胤を名乗る男が出没し……。

喜安幸夫　出帆　忍び家族

戦国の世に憧れ、抜忍となった太郎左・次郎左。豊臣の再興を志す国松と幕府の目の届かぬ大宛（台湾）へ！

喜安幸夫　闇奉行　影走り

人宿「相州屋」の主・忠吾郎は奉行の弟。人宿に集う連中を率い、お上に代わって悪を断つ！

喜安幸夫　闇奉行　娘攫い

江戸で、美しい娘ばかりが次々と消えた。奉行所も手出しできない黒幕に「相州屋」の面々が立ち向かう！

喜安幸夫　闇奉行　凶賊始末

予見しながら防げなかった惨劇……。非道な一味に、反撃の狼煙を上げる「相州屋」。一か八かの罠を仕掛ける！

祥伝社文庫の好評既刊

鳥羽　亮
死地に候
首斬り雲十郎③

「怨霊」と名乗る最強の刺客が襲来。居合剣〝横霞〟、介錯剣〝縦稲妻〟の融合の剣〝十文字斬り〟で屠る！

鳥羽　亮
鬼神になりて
首斬り雲十郎④

畠沢藩の重臣が斬殺された。幼い姉弟に剣術の指南を懇願される雲十郎。父の敵討を妨げる刺客に立ち向かう！

鳥羽　亮
阿修羅
首斬り雲十郎⑤

「おれの首を斬れば、おぬしの首も斬られるぞ」――予言通りに刺客の襲撃が。届かぬ間合いをどうする⁉

鳥羽　亮
はみだし御庭番無頼旅

外様藩財政改革助勢のため、奥州路を行く〝はみだし御庭番〟。迫り来る反対派の刺客との死闘、白熱の隠密行。

鳥羽　亮
血煙東海道
はみだし御庭番無頼旅②

初老の剛剣・向井泉十郎、若き色男・植女京之助、そして紅一点の変装名人・おゆらが、父を亡くした少年剣士に助勢！

鳥羽　亮
中山道の鬼と龍
はみだし御庭番無頼旅③

火盗改の同心が、ただ一刀で斬り伏せられた！　公儀の命を受けた忍び三人は、剛剣の下手人を追い倉賀野宿へ！